AF307512

Dies ist ein fiktives Buch. Namen, Charaktere und Ereignisse sind Produkte der Fantasie des Autors. Eine Übereinstimmung mit lebenden oder toten Personen, mit Firmen oder Ereignissen sind rein zufällig.

© 2018 Karl-Heinz Rüster
Herstellung und Verlag
BoD - Books on Demand, Norderstedt
ISBN: 9783748184645

Kennedy Space Center

Launch Complex 39

5,4,3,2,1 Ignition, die Falcon 10XHeavy vibriert heftig, wie ein wildes Tier, wir heben von der Startrampe mit Getöse ab. Die Schubkraft des Merlin Triebwerkes ist körperlich zu spüren und presst uns mit 5 G in unsere Sitze. Wir sind auf dem Weg zum Mond. Alle Parameter sind im grünen Bereich und die Falcon 10X wird immer schneller.

Wir, das sind, Flugingenieur Peter Hanstatter, Astronaut und Geologe Han Chio, Astrophysiker Serge Amlonov, er ist der Co-

Pilot und ich Falk Maaro der Pilot und Kommandant der Mission „Moon Base".

1 Min 30 Sekunden, die Falcon 10XHeavy fliegt Überschall.

2 Min 30 Sekunden, *Main Engine Cut Off* (MECO). Flughöhe circa 85 km. Das Merlin Triebwerk der zweiten Stufe hat eine Schubkraft von 210.000 Pfund. Nach 9 min: 8 Sekunden trennt sich die zweite Stufe, wir nennen das *Second Engine Cut Off* (SECO). Nominale Operation soweit. Alle Parameter sind im „grünen Bereich". Die Beschleunigung beträgt derzeit 7400 m/s, Flughöhe 180 km und die zurückgelegte Entfernung über Grund beträgt jetzt 480 km.

***

76 Stunden nach dem Start

Wir befinden uns in der vorausberechneten Mond-Umlaufbahn und beobachten wie die Mondlandschaft unter uns vorbeizieht. Es ist beeindruckend.

Peter Hanstatter macht darauf aufmerksam, dass in zehn Minuten der Countdown für die Landung eingeleitet wird. Sobald wir auf der Mondrückseite sind, wird das Bremsmanöver automatisch eingeleitet. Wir schließen unsere

Raumanzughelme und zählen die Sekunden bis zum Bremsmanöver mit.

Noch 5,4,3,2,1, da geschieht das Unfassbare, anstatt die Bremsraketen zu aktivieren, beschleunigt unsere Landefähre „DRAGON", mit vollem Schub senkrecht von der Mondoberfläche weg. Das ist doch *„unmöglich"* rufen wir alle zur gleichen Zeit. Wir werden immer schneller, ich versuche, die Automatik zu übersteuern, aber nichts reagiert auf meine verzweifelten Versuche. Die Booster, welche wir für die Rückkehr zur Erde benötigen beschleunigen immer weiter. Alle schreien durcheinander, versuche dich, zu konzentrieren, sagte ich zu mir selbst.

Da wir uns hinter dem Mond befinden, ist es unmöglich, mit der Bodenstation Kontakt aufzunehmen. Wir hatten, während unseres Trainings alle nur erdenklichen Szenarien durchgespielt, aber auf diese Situation war keiner von uns vorbereitet.

Peter, der Flug Ingenieur schrie so laut in sein Mikrofon, dass uns fast das Trommelfell platzte:

„Noch 5 Sekunden bis zum Burn-out der Booster".

„Das ist eine lebensbedrohliche Situation", sagte ich zu den Anderen. Wir beschleunigen immer weiter vom Mond weg, und zwar in einer Linie, dass wir noch nicht einmal von der Erde aus beobachtet werden können. Der Mond befindet sich genau zwischen uns und der Erde. Es ist nicht möglich, mit der Bodenstation Kontakt aufzunehmen. Das

Kommunikationszentrum in Houston hat keinen blassen Schimmer, dass wir uns in dieser bedrohlichen Lage befinden.

Mit dieser Situation müssen wir selbst fertig werden. Ich sagte zu Serge und Peter gewandt:

„Irgendwelche Vorschläge? Wie lange werden unsere Lebenserhaltungs-Systeme funktionieren?"

„Die Systeme sind nicht der Faktor, es sind unsere Vorräte", antwortete Peter. *„Wir haben für insgesamt 5 Tage Proviant an Bord, wir sollten uns ja eigentlich schon längst im Landeanflug auf die Moon Station befinden. Also, wenn wir sehr sorgfältig mit unserem Essen umgehen, könnten wir die Vorräte auf 15 Tage strecken. Nachdem wir alles*

aufgebraucht haben, haben wir noch maximal 60 Tage. Ich hoffe, dass bis dahin Houston eine Lösung für unser Problem gefunden hat, bisher hatte ja immer irgendjemand eine Idee."

***

Houston Kommunikationszentrum.

Es herrscht helle Aufregung, alle rufen durcheinander. Der verantwortliche Leiter, Dr.

Lester, bittet um Ruhe. Warum haben wir keine Verbindung zur Dragon? Wir sollten seit einer Minute wieder Kontakt mit der Crew haben, was ist passiert?

Der leitende Ingenieur:

„Wir haben auch keine Daten der Landefähre, wir arbeiten daran, und versuchen eine Verbindung aufzubauen. Was immer es ist, es ist nicht normal und ich befürchte, wir haben die Dragon und die Crew verloren. Es tut mir leid, aber das ist die einzige Erklärung!"

Dr. Lester bittet alle im Kontrollraum, weiter zu versuchen eine Verbindung mit der Crew zu bekommen.

Zwanzig Minuten später ist jedem im Control Center klar, dass die Mission fehlgeschlagen ist. Sie haben die Crew und das Raumschiff verloren.

Die Ingenieure vermuten einen Absturz auf der Mondrückseite. Die Bestürzung ist fast körperlich zu spüren, keiner sagt ein Wort, es herrscht Ratlosigkeit.

Wie konnte so etwas passieren, alles verlief bisher perfekt.

***

78 Stunden nach dem Start

Eine Stunde nach dem Burn-out der Booster. Es war still in unserer Raum-Kapsel Dragon.

Jeder von uns vieren hing seinen eigenen Gedanken nach. Wir konnten absolut nichts an unserer Situation ändern, waren auf die Hilfe der Ingenieure auf der Erde angewiesen. Wir hatten immer noch Hoffnung. Ich sagte zu meinen drei Astronauten Kollegen:

„So langsam verliere ich die Hoffnung, bis jetzt haben wir immer noch keine Verbindung mit Houston oder irgendeiner anderen Station, welche unseren Flug verfolgt."

Ich hörte nur einen tiefen Seufzer in meinem Headset und beobachtete ein Nicken von drei geschlossenen Raumanzugshelmen.

Serge, sagte ich:

„Versuche weiter, eine Verbindung mit Houston zu bekommen."

„Das tue ich ununterbrochen, antwortete er. Zu allem Unglück ist gerade die Funkanlage ausgefallen".

Nach weiteren zwei Stunden, wir entfernten uns mit unglaublichen 205,000 km/Std. von Erde und Mond. Der Mond wurde kleiner und kleiner. Während ich die Instrumente beobachtet, bemerkte ich einen sprunghaften Anstieg der Fluggeschwindigkeit und gleichzeitig eine Richtungsänderung um 90° nach rechts.

Es war nichts zu spüren, bloß die Geschwindigkeit nahm sprunghaft zu.

Ich machte meine Kollegen darauf aufmerksam, sie hatten bisher nichts davon mitbekommen.

Ich hörte Peter in meinem Helm Kopfhörer:

„Das geht nicht mit rechten Dingen zu, wir bewegen uns derzeit mit ca. 1 % Lichtgeschwindigkeit und wir werden immer schneller".

„Das ist unglaublich, 1 % der Lichtgeschwindigkeit, das sind 2,997.924 m/s.", sagte ich. Plötzlich sahen wir auch die Erde, aber nur noch als einen kleinen blauen Ball, der Mond war nur noch als Punkt zu erkennen.

Wir sahen Jupiter links an uns vorbeiziehen. Auch er wurde rasant kleiner. Wir waren dabei unser Sonnensystem zu verlassen, alles geschah unglaublich schnell.

Was geschieht mit uns?

Unsere Instrumente reichten nicht mehr aus, um die wahre Geschwindigkeit zu messen. Unser Doppler-Radar versagte vollkommen.

Sterne konnten wir nur noch als Striche erkennen, wir mussten unglaublich schnell sein.

***

Kommunikationszentrum Houston

Ein Ingenieur, er war mit dem **VLT** (**V**ery **L**arge **T**eleskop) in der Atacama Wüste in Chile verbunden, beobachtete den Mond und den dahinterliegenden Raum auf seinem Monitor. Er machte eine Entdeckung, die er nicht einschätzen konnte. Er informierte sofort den leitenden Ingenieur des Teams. Dr. Lester alarmierte die gesamte Crew, die sich immer noch im Control Centrum befand. Alle beobachteten jetzt wie gebannt ein Objekt, welches sich mit noch nie vorher gemessener Geschwindigkeit in den freien Raum bewegte.

Was ist das? Fragten sie alle durcheinander, keiner hatte eine Erklärung. Es bewegt sich mit unglaublicher Geschwindigkeit, das Objekt hat in der kurzen Zeit der Beobachtung schon den Rand unseres Sonnensystems erreicht.

Dr. Lester sagte:

„Ein natürliches Objekt kann es nicht sein, kein Meteor oder Asteroid beschleunigt so schnell auf solche wahnwitzige

Geschwindigkeit und ändert dabei auch noch die Richtung“.

Das Objekt hatte mittlerweile 1,5 % der Lichtgeschwindigkeit erreicht, unglaublich! Was treibt es an? Wer steuert es?

Innerhalb von wenigen Minuten war das Objekt nicht mehr zu erfassen. Es verschwand urplötzlich von den Monitoren, als wäre es nie da gewesen. War es zu klein oder zu schnell? Möglicherweise beides!

Es wurde spekuliert, was es gewesen sein könnte, eventuell das vermisste Raumschiff? Oder hatten sie ein UFO erfasst?

Die Diskussionen dauerten bis zum Morgengrauen, zu einer plausiblen Erklärung kam niemand.

***

Die Dragon beschleunigte immer noch, obwohl wir keinen eigenen Antrieb mehr haben. Ich merkte es daran, dass es mir nicht möglich war, ein Sternbild oder ein mir bekanntes Objekt zu identifizieren.

Wir waren jetzt schon eine Woche in unserer Dragon zur Untätigkeit verdammt, seit der Fehlsteuerung der 18 SuperDraco Thrusters.

Mir wurde jetzt zunehmend Übel und mir schwanden immer öfter die Sinne, irgendetwas scheint mit dem Lebenserhaltungssystem nicht zu funktionieren. Ich war nicht mehr in der Lage die zum System gehörenden Emergency Checklisten abzuarbeiten, um den Fehler einzugrenzen.

Versuche, meine Crew Mitglieder über InterCom zu erreichen, schlugen fehl. Keiner reagierte auf meine Rufe. Es war offensichtlich, keiner von ihnen war mehr bei Bewusstsein. Es war schwierig mich länger als zehn Sekunden zu konzentrieren. Ich dachte noch, das war es jetzt!

***

Kommando Brücke

des Sternenschiffes „VRA"

Der Bord-Computer informierte den Kommandanten des riesigen Sternenschiffes der Vrahaani, der Autoscanner habe ein winziges Objekt in einem System circa 1/2 Lichtjahr voraus, aufgespürt.

Khoda der Kommandant nahm sich der Sache an. Er ließ das Objekt auf den riesigen Bildschirm heranzoomen, damit er es in Augenschein nehmen konnte.

Tatsächlich, es war ein winziges Raumfahrzeug und es beschleunigte plötzlich in den freien Raum, weg von seinem Trabanten.

Khoda sagte zu seinen Leuten auf der Brücke:

„Bitte scannen, ob es von lebenden Wesen besetzt ist, mit diesem Gefährt ist es unmöglich, den nächsten Planeten zu erreichen.

Der Computer meldete sich wieder und sprach Khoda direkt an:

„Sir, ich habe vier Lebensformen in dieser winzigen Kapsel festgestellt. Die Kapsel hatte für eine kurze Zeitspanne beschleunigt, danach setzte der primitive Antrieb aus. Der Antrieb basiert auf flüssigem Brennstoff. Es deutet auf eine Zivilisation hin, welche gerade am Anfang der Raumfahrt steht. Die Lebewesen haben nicht die geringste Chance, dass sie das überleben. Die Koordinaten in meinem Speicher ergeben ein System,

welches wir vor 5000 Zyklen besuchten. Das System hatte einen bewohnten Planeten. Wir hatten damals kein ‚Portal‘ errichtet, da die Bewohner gerade am Anfang standen eine Zivilisation aufzubauen“.

„Na, sie scheinen sich schneller als normal entwickelt zu haben, sagte Khoda. Sie wagen es, in diesen winzigen Schiffen ihren Trabanten zu Besiedeln. Alle Achtung. Die Lebewesen in diesem kleinen Schiff sind sehr mutig, sie haben keine Chance, die Fehlfunktion ihres Schiffes zu überleben.

Lasst uns das Schiff zu uns an Bord holen“.

Computer:

„Wie lange brauchen wir dazu?“

„Wenn wir ein Portal aktivieren, zwanzig Tage, das entspricht 20 Zyklen unserer Zeitrechnung.

In meinem Speicher ist der Stern des Systems mit „Sol" bezeichnet.

Wir müssen das Schiff mit dem Traktorbeam dazu auf 2 % Licht beschleunigen, bevor es durch das Portal gelangen kann".

„So lasst uns das tun", sagte Khoda.

Der Computer leitete daraufhin sofort alle nötigen Maßnahmen ein.

***

Ein helles Licht drang durch meine geschlossenen Augen. Langsam begannen meine Sinne wieder zu funktionieren, wo bin ich? Ich traute mich nicht, meine Augen zu öffnen.

Eine Stimme manifestierte sich in meinem Kopf.

„Falk Maaro, Du kannst jetzt unbesorgt Deine Augen öffnen. Du befindest Dich auf unserem Sternenschiff Vra. Wir sind das Volk der Vrahaani und haben Euch zu uns an Bord transportiert. Ihr wart nicht mehr in der Lage Euer Raumschiff zu kontrollieren".

Ich öffnete meine Augen, schloss sie aber prompt wieder. Was ich sah, konnte nicht wahr sein. Ich öffnete meine Augen ein zweites Mal. Das Gesicht, welches mich anblickte, war nicht menschlich. Es wirkte bläulich blass, nahezu durchsichtig. Der Kopf war schmal, hatte keine Haare, schmale Lippen und eine gerade Nase. Die Augen waren grünlich und schauten mich an. Ich dachte, was für ein Wesen ist das? Bin ich tot?

Sofort hörte ich wieder die Stimme in meinem Kopf.

„Du bist nicht tot, mein Name ist Krah und Du befindest Dich auf meiner Krankenstation. Ich bin der leitende Arzt auf der Vra.

Wir mussten Euer winziges Raumschiff zu uns holen, sonst währt Ihr alle auf ewig im Raum zwischen den Sternen verschollen. Wir konnten das gerade noch im letzten Augenblick abwenden. Trotz allem konnte ich nicht verhindern, dass zwei Deiner Freunde gestorben sind. Es war nicht mehr möglich, sie zu reanimieren. Ihr wart zu lange der harten Kosmischen Strahlung ausgesetzt. Es tut mir ausgesprochen leid. Der Zweite, den ich retten konnte, nennt sich Peter Hanstatter. Das konnte ich aus seinen Gedanken entnehmen. Sein Zustand ist kritisch, wir hoffen, ihn stabilisieren zu können. In zwei bis drei Zyklen wissen wir mehr.

Bei Dir war es etwas anders, wir konnten Deiner DNA ein zusätzliches Chromosom zufügen, dieses vierundzwanzigste Chromosom, ermöglichte es uns, einige Manipulationen an Deinem Körper vorzunehmen. Es war uns möglich, Deinen Körper umzustrukturieren. Wir mussten Deine Organe durch synthetische ersetzen. Das war *nötig, da ihr alle vier nicht mehr am Leben wart, als wir Euch an Bord holten. Euer Schiff hatte mehrere technische Ausfälle, darunter auch die Lebenserhaltungssysteme. Euer Schiff besaß kein System, welches euch vor der harten Strahlung schützte.*

Es wird noch einige Zeit vergehen, bis Du in der Lage bist Deinen neuen Körper voll zu beanspruchen. Meine Assistentin Lohan wird Dir alles Erklären und das Training beginnen, sobald Du Dich dazu stark genug fühlst."

Ich war sprachlos und wusste nicht, was ich davon halten sollte. Krah, der Arzt, drehte sich um und verließ den Raum, durch eine Öffnung, welche sich automatisch vor ihm auftat. Ich konnte jetzt seine Gestalt erkennen. Krah war circa 190 cm groß, extrem schlank und er wirkte, sehr zerbrechlich. Er bewegte sich sehr graziös, als wenn seine Beine über dem Boden schweben würden, sein Körper schien nicht fest zu sein. Krah war mit einem Silber glänzenden Umhang bekleidet, auch der schien durchsichtig und nicht fest zu sein. Alles in allem eine Gestalt, die eine beruhigende Ausstrahlung auf mich hatte.

Jetzt kam seine Assistentin „Lohan", wie Krah sie vorgestellt hatte zu mir an mein bequemes Bett. Lohan stellte sich mir vor, ohne einen Laut von sich zu geben, alles geschah telepathisch. Auch sie war 190 cm groß und schlank. Der Kopf haarlos. ihr fast durchsichtiges Gesicht war Oval mit grünen Augen, keine Augenbrauen, eine schlanke gerade Nase und einen Mund mit kaum sichtbaren Lippen. Ihre Gestalt sehr schlank, ja, schon eher dünn. Sie strahlte eine unglaubliche Ruhe aus. Sie faszinierte mich vom ersten Anblick an.

Sie sagte:

„Ihr beide habt großes Glück gehabt, dass der Computer Euer winziges Schiff erfasst hat und Kommandant Khoda die Entscheidung traf, Euch an Bord der Vra zu holen.

Ich glaube, Du bist jetzt so weit, dass Du aufstehst und mir folgen kannst. Ich möchte Dir Dein Neues zu Hause zeigen.

Die Vra ist das Mutterschiff der VRAHAANI, etwa so groß wie Euer Saturn Mond

Enceladus. Wir sind die Erbauer und Wächter der „Portale". Die Portale sind Materie-Transmitter, wir errichten diese im gesamten Universum. Sie stehen allen raumfahrenden Völkern zur Verfügung. Jedes Raumschiff, mit dem entsprechenden Code, kann sie benutzen, um an jeden beliebigen Ort im Universum zu gelangen. Distanzen, bis zu einer Million Lichtjahre sind damit zu erreichen und das in nahezu null Zeit.

Seit 100.000 Jahren eurer Zeitrechnung reisen wir mit diesem Sternenschiff, von Galaxie zu Galaxie auf der Suche nach intelligentem Leben. Bewohnte Planeten, welche den Sprung zur Raumfahrt noch nicht geschafft haben, helfen wir, eine Zivilisation aufzubauen.

Das taten wir auch bei Euch. Ihr wart vor 5000 Jahren erst am Anfang einer Zivilisation.

Wir hinterließen damals Hilfe in Form von Werkzeugen, Grundlagen der Mathematik, Physik, Astrologie eurem Volk, um den Weg zu den raumfahrenden Völkern zu ermöglichen. Ihr habt das schneller erreicht als angenommen. Viele, von intelligenten Wesen bewohnte Planeten haben das nicht geschafft, sie haben sich schon vorher vernichtet.

Ihr habt diese Phase noch nicht überstanden, führt immer noch Kriege untereinander. Einige Staaten sind im Besitz von Nuklearwaffen. Die Gefahr besteht, diese zu benutzen, das führt unweigerlich zum Untergang des gesamten Planeten. Das gilt es zu verhindern. Dr. Krah hat Dich mit Fähigkeiten ausgestattet, welche

Dich befähigen die gesamten nuklearen Waffen auf Deinem Planeten zu vernichten. Dazu später mehr.

Jetzt zeige ich Dir erst einmal Deine neue Umgebung.“

Lohan Schritt voraus und ich folgte Ihr treu wie ein Hund hinterher. Jetzt sah ich auch den Raum, in welchem wir uns befanden. Der Raum war rund und hatte einen Durchmesser von ungefähr fünfzehn Meter, er war voll mit mir unbekannten Maschinen und Geräten. Es waren medizinische Gerätschaften. Generell waren die Wände des Raumes weiß mit einem bläulichen Schimmer. Die Maschinen hatten auch einen bläulichen Glanz. Es waren weder Kabel noch Verbindungen zu sehen, sehr seltsam. Wir Verliesen den Raum und schritten durch eine milchige Tür. Plötzlich standen wir beide in einem tropischen Garten, er war wunderschön. Lohan erkannte meine Gedanken, denn ich war verwundert, wie konnte es sein, dass nachdem wir durch diese „Tür" gingen, wir plötzlich in einem Garten standen. Lohan lieferte sofort telepathisch die Erklärung, die Türen sind Transmitter und werden mit Gedanken gesteuert.

Überall in dem Garten liefen fremdartige Wesen umher, Wesen, welche ich noch nie zuvor gesehen hatte. Lohan schaltete sich ein und erklärte mir, dass 340 unterschiedliche, meist humanoide Lebensformen in diesem Sektor des Sternenschiffes leben. Die meisten stammen von Galaxien dieses Quadranten, andere aus weit entfernten Galaxien. ‚Wow' sagte ich zu mir selbst, das ist fantastisch. Lohan sagte zu mir:

„Dieser Teil des Schiffes nennt sich Ernaatu, es wird Dein zuhause sein, für einige Zyklen, zumindest. Jetzt zeige ich Dir Deinen Wohnbereich."

Wir durchquerten diesen traumhaften Garten mit all den unterschiedlichsten Wesen. Die meisten Pflanzen waren tropische Pflanzen, wie man sie auch auf der Erde findet, andere hatte ich noch nie zuvor gesehen. Die Temperatur war angenehm, um die 27 ° C. Vögel flogen umher und zwitscherten fröhlich Ihre Lieder. In der Luft lag ein süßlicher Duft, es roch wie auf Hawaii, *„dachte ich"*.

Lohan riss mich aus meinen Gedanken, sie sagte:

„Geht es Dir gut?“

„Ja, antwortete ich, es ist traumhaft schön hier“, ich hatte das laut ausgesprochen und Lohan antwortete telepathisch. Sie erklärte mir, *„von nun an bist Du befähigt, mit allen intelligenten Wesen telepathisch in Verbindung treten zu können. Das sei ein Teil meiner neuen Fähigkeiten“*.

Ich versuchte, nicht zu denken, das gelang mir aber nicht. Lohan drehte sich zu mir um und sie lächelte mich an. Sie lächelte!

„Sie ist sehr hübsch, wenn sie lächelt“, dachte ich. Lohan zeigte keine Reaktion auf meine Gedanken. Sie hat sie aber mit Sicherheit aufgenommen.

Wenig später erreichten wir wieder eine schimmernde ‚Tür' und standen sofort in einem großen Wohnbereich. Der Raum war mit Sitzmöbel verschiedenster Art und einigen Sofas und Tischen ausgestattet. Es führten drei Gänge zu weiteren Räumen. Einer davon führte in den Schlafbereich, ein weiterer in eine Art Planetarium und der letzte in eine Küche.

Lohan sagte:

„Wir haben diese Räume so gestaltet, wie wir sie aus Deinen Erinnerungen entnommen haben. Ich hoffe, es trifft Deinen Geschmack".

Ich dachte:

„Ein bisschen mehr Farbe wäre nicht übel."

„Das kannst Du jederzeit nach Deinen Wünschen ändern, vernahm ich in meinem Kopf.

Ich lasse Dich jetzt alleine, ruhe Dich aus. Du kannst Dir jederzeit Essen oder etwas zu trinken ordern, Du musst Dich nur darauf konzentrieren, es wird dann dahin geliefert, wohin Du es möchtest. Das ist Lektion Nummer eins. Wir sehen uns Morgen.“

Ich bemerkte einen leichten Windzug und damit war Lohan verschwunden, von einer Sekunde auf die andere, sie hatte sich aufgelöst. Wie ist das möglich? Ich machte mir wieder Gedanken, ob ich das womöglich doch Träume. Nein ich träumte nicht, ich dachte gerade an ein kühles Bier und ein Steak, ich hatte es noch nicht ganz zu Ende gedacht, da erschien ein kleiner Roboter und stellte mir das Essen auf den kleinen Tisch vor mir. Auch der Robot erschien aus dem nichts, er materialisierte direkt im Raum.

„Ich bin im Paradies", dachte ich, was kommt da noch auf mich zu?

***

Erster Trainingstag

Ich habe tief und fest die ganze Nacht durchgeschlafen und fühle mich großartig. Der Tag kann kommen! Ich dachte an einen Kaffee und an ein Croissant, wie von Zauberhand stand das gedachte auf dem kleinen Tisch im

Speiseraum, den kleinen Roboter, sah ich gerade noch verschwinden. Ich frühstückte noch, als Lohan sich in meine Gedanken einschaltete, sie fragte, ob es mir recht sei, wenn sie jetzt vorbeikomme. In meinen Gedanken antwortete ich, es würde mich freuen Sie zu sehen, schon stand sie vor mir, mitten im Raum.

Sie sagte:

„Deine erste Lektion heute wird ‚Teleportation‘ sein". Für uns ist die Teleportation normal und wir praktizieren das schon seit 100.000 Jahren. Wir haben Deinen Körper mit den gleichen Fähigkeiten ausgestattet, Du solltest nach einigen Trainingseinheiten dazu in der Lage sein. Wenn Du mit dem Frühstück fertig bist, fangen wir damit an".

Ich beendete mein Frühstück gerade, da nahm Lohan mich bei der Hand, im selben Moment befanden wir uns in einer riesigen Halle. Die Halle hatte enorme Ausmaße, sie war leer und ich konnte nicht bis zur hinteren Begrenzung blicken. Eine Erklärung manifestierte sich sofort in meinem Kopf.

Lohan erklärte:

„Dies ist die virtuelle Sphäre in der wir uns befinden, hier können wir alle erdenklichen Situationen simulieren. Erschrecke nicht, was Du jetzt erlebst, ist nicht real, Du empfindest es aber so".

„Bist Du bereit"?

„Ja dachte ich".

Plötzlich standen Lohan und ich auf einer mit Blumen übersäten Wiese, ein leichter Wind wehte kühl von den noch schneebedeckten Bergen. Mir unbekannte Tierlaute waren zu hören, aber nichts war zu sehen. In nicht weiter Entfernung war ein Wald mit riesigen Bäumen. Plötzlich trat ein fünf Meter großes, aufrecht gehendes Wesen aus dem Dickicht. Es hatte einen behaarten Körper, lief auf zwei Beinen und hatte zwei Arme, nein eher kleine Flügel. Das Wesen besaß einen riesigen Vogelkopf und stampfte auf uns zu. Seinen furchteinflößenden Schnabel wiegte es hin und her, rannte dann auf uns zu, und zwar unglaublich schnell. Lohan schaltete sich ein:

„Das ist ein Kruuzz, gegen ihn haben wir keine Chance, wir müssen ‚teleportieren'. Das ist unsere einzige Möglichkeit zu entkommen.

Du musst jetzt Deine neue Fähigkeit benutzen, sonst bist Du verloren. Konzentriere Dich intensiv auf Deinen Wohnraum. Ich kann Dir nicht helfen, das musst Du alleine schaffen, konzentriere Dich"!

Das Biest kam immer näher, meine verzweifelten Versuche, von hier wegzukommen, scheiterten kläglich. Ich dachte wirklich, das ist das Ende.

Ich merkte noch, als sich Lohan neben mir in Luft auflöste und verschwand. Ich geriet in Panik und wollte davonrennen, der Kruuzz war jetzt nur noch einhundert Meter von mir entfernt, es konnte nur noch Sekunden dauern, bis er mich erreicht hat. Ein letzter verzweifelter Versuch, ich konzentrierte mich auf den Wohnraum, es waren nur noch wenige Meter bis zum Tod. Da geschah es, ich stürzte über einen Sessel in meinem Wohnraum. Lohan saß in einem der anderen Sitze und sagte humorlos: *„Das war knapp“*.

Ich war fix und fertig, mein Puls raste und ich war schweißgebadet. Langsam beruhigte ich mich, Lohan stand aus Ihrem Sitz auf, kam auf mich zu und sagte:

„Erste Prüfung erfolgreich absolviert“

Sie erklärte mir, dass es nicht anders möglich sei, diesen Sprung-Impuls auszulösen. Das muss instinktiv geschehen, Todesangst löst im Allgemeinen den nötigen Impuls aus.

„War ja noch rechtzeitig!".

Die nächsten Tage gab mir Lohan ‚frei‘, Sie meinte:

„Du hast Zeit unser Sternenschiff ‚VRA’ zu erkunden, alle Bereiche des Schiffes sind für Dich frei zugänglich, ich melde mich bei Dir in 5 Tagen, einverstanden"?

„Sicher", sagte ich:

„Ich kann es kaum erwarten das Raumschiff zu erforschen, aber was ist, wenn ich mich verirre und nicht mehr zu Ernaatu zurückfinde?"

„Dann hast Du die Gelegenheit Dein Erlerntes zu benutzen, je mehr Du ‚springst‘, umso

sicherer wirst Du im Umgang damit. Der Sprung muss ohne Überlegung erfolgen. Nach und nach wirst Du in der Lage sein, auch größere Distanzen zurückzulegen. Es wird noch einige Zeit dauern, bis Du fähig bist unlimitierte Sprünge zu machen, also Üben!"

„Viel Spaß sagte Sie, ich bin immer auf telepathischem Wege zu erreichen."

Der Platz, wo sie stand, war plötzlich leer, mit einem leichten Luftzug hat sie sich verabschiedet.

Ich machte mich auf, die nähere Umgebung zu erkunden. Ernaatu war eine Stadt mit Hochhäusern der unterschiedlichsten Art, manche bis zu 800 Meter hoch, andere waren nur die Hälfte so hoch und hatten eine ungewöhnliche Architektur. Es waren ineinander verschachtelte Wohnkomplexe, wie riesige Schiffscontainer, die man übereinandergestapelt hatte. Das sah sehr futuristisch aus. Zwischen den Häuserblöcken schwebten Flugkörper in unterschiedlichen Höhen und alles völlig geräuschlos. Ich betrat eines der Transportbänder und ließ mich mit der Menge treiben.

Die unterschiedlichsten Wesen um mich herum schenkten mir keine Beachtung, ich gehörte dazu.

Ein neben mir auf dem Transportband stehender ‚Mann' beobachtete mich und kurz darauf fragte er, ob er mir helfen könne, es sähe so aus, als wäre ich neu hier.

„Ja, da haben sie recht, ich möchte meine neue Heimat erkunden und habe kein festes Ziel. Vielleicht können sie mir ein paar Tipps geben, was ich mir anschauen kann".

„Wenn sie möchten, kann ich sie für einen kurzen Zyklus begleiten und Ernaatu zeigen". Er stellte sich vor, mein Name ist Artuust und ich stamme aus der Galaxis Andromeda, wie

ihr sie nennt. Die Vrahaani haben mich auf die Vra genommen, da sie mich für den Bau der ‚Portale' benötigten, ich bin molekular Wissenschaftler, und seit zehn Jahren auf der Vra.

Ich erzählte Artuust meine Geschichte und sagte: *„Schön, dass sie mir die Stadt zeigen wollen"*.

Wir unterhielten uns telepathisch und ich fragte ihm Löcher in den Bauch, er gab bereitwillig Auskunft und zeigte mir als erstes, wie die unterschiedlichen Transportmittel benutzt werden.

Die Türen, die Flug-Gleiter, die Highspeed Tubes (an einem solchen System wird auf der Erde auch schon gearbeitet), sowie die Transportbänder. Das steht allen zur

Verfügung, welche sich nicht, wie die Vrahaani der Teleportation bedienen können.

Wir erreichten einen riesigen Park, alle möglichen Wesen waren zu sehen, auch nicht Humanoide. Einige sahen aus wie Echsen, andere wie übergroße Erdhörnchen. Es waren auch Wesen darunter, die hatten vier Arme und liefen auf zwei Beinen. Andere wieder sahen aus wie Frösche, sie waren fast zwei Meter groß, hatten einen runden Kopf mit einem übergroßen Mund und liefen aufrecht. Die meisten unterhielten sich auf telepathischem Wege, andere unterhielten sich durch gesprochene Laute, wie zum Beispiel die Froschähnlichen. Diese waren laut zu vernehmen.

Artuust erklärte mir, dass alle nicht Vrahaani, in Ernaatu leben. Die Ausnahmen sind die Methanatmer, für diese gibt es einen besonderen Bereich. Dieser Bereich ist von uns nur mit entsprechenden Schutzanzügen zu betreten.

Die Bevölkerung beträgt im Moment 8.000.000 Einwohner aus den verschiedensten Bereichen des Universums.

Im nahe gelegenen Park waren Tiere zu sehen, die ich nicht zu beschreiben imstande bin. So kurios wie einige aussehen.

Nachdem wir den Park hinter uns gelassen hatten, gingen wir in eines der kastenförmigen Gebäude, Artuust sagte zu mir: *„Das ist mein Arbeitsbereich, hier werden die molekularen Elemente für die ‚Portale‘ von Robotern* *produziert. Die ,Portale' sind Materie-Transmitter, die im Raum zwischen den Sternen positioniert werden und es Raumschiffen ermöglichen, weit entfernte Bereiche im Universum zu erreichen. Die raumfahrenden Völker besitzen einen Code, mit dem die Portale benutzt werden können. Der Code wird von den Vrahaani ausgegeben. Jedes raumfahrende Volk hat seinen eigenen Zugangscode. Ich antwortete ihm, dass Lohan mir das schon erklärt hatte".*

Wir Verliesen das Gebäude und nahmen einen der Flug-Gleiter. Artuust sagte dem Computer des Gefährtes, wohin er gebracht werden wollte und schon waren wir in circa eintausend Meter Höhe und ließen Ernaatu hinter uns.

Fruchtbare, blühende Ebenen wechselten mit Hochgebirge ab, es waren Seen und Wälder zu sehen, die Landschaft unter uns zog unter uns dahin, wir mussten sehr schnell sein, so hatte es den Anschein. Wir flogen auf ein Meer zu, ich sah darauf Schiffe, welche auf dem Wasser schwammen, andere schwebten über dem Wasser, berührten es aber nicht.

Artuust sagte zu mir: *„Nachdem wir das Meer hinter uns gelassen haben, erreichen wir den Lebensraum der Vrahaani. Ihre Sphäre erstreckt sich bis tief unter die Oberfläche der VRA. Die Vrahaani sind Energiewesen und leben in dieser, für uns unzugänglichen Sphäre. Sie nehmen, wenn sie mit menschlichen Wesen zusammen sind eine halb stoffliche Gestalt an. Es ist ihnen* *möglich, jede erdenkliche Gestalt anzunehmen. Sie sind die Hüter und Erbauer der Portale"!*

Wir flogen noch immer über dem Meer, da passierte es, der Flug-Gleiter kam plötzlich ins Trudeln, scheinbar hatte der Antrieb ausgesetzt und wir stürzten auf das Meer unter uns zu. Artuust wollte schreien, es kam aber kein Ton über seine Lippen. Wir waren nur noch zweihundert Meter über dem Wasser, ich packte Artuust in Panik am Arm, da setzte der Sprunginstinkt ein.

Wir fanden uns beide in meinem Apartment wieder, *„das war knapp"* sagte ich. Artuust schaute mich an und sagte: *„Du wirst immer besser, ich musste nicht mal eingreifen"!*

Ein leichter Luftzug unterbrach unsere Konversation, als Lohan mitten im Raum materialisierte.

Auch dieses Mal bin ich erschrocken, an das plötzliche erscheinen muss ich mich Gewöhnen.

Lohan fing auch gleich an, zu uns zu sprechen (telepathisch natürlich). Sie sagte: *„Falk Maaro, das hast Du hervorragend gemacht. Du hast eine weitere Prüfung bestanden, dieser Test hat bewiesen, dass Du in der Lage bist bei Gefahr zu springen.*

Artuust ist ein von uns eingesetzter Roboter, er hat sehr spezielle Eigenschaften und er wird von jetzt an Dein Begleiter sein.

Das hat wunderbar geklappt, um mit Deinen Worten zu sprechen.

Ich lasse Dich jetzt alleine, Du kannst tun, was immer Du möchtest. Ich melde mich morgen nach dem Frühstück".

Ein schmatzendes Geräusch und schon war Sie verschwunden.

Artuust und ich waren alleine, wir unterhielten uns eine ganze Weile, er gab mir über alles, was ich wissen wollte bereitwillig Auskunft. Er wirkte perfekt und schien zu 100 % aus Fleisch und Blut. Er versicherte mir aber, er sei aus synthetischem Material und absolut nicht organisch.

Pünktlich zum Frühstück war Lohan wieder in meinem Esszimmer erschienen, *„bist Du fertig"*, fragte Sie, *„wir springen jetzt zu ‚Krah'* *in seinen OP Bereich, es gibt Neuigkeiten.* *Peter Hanstatter ist dank Dr. Krah wieder* *ansprechbar und er hat gebeten mit Dir zu* *sprechen. Er ist noch schwach, aber für ein* *kurzes Gespräch hat Dr. Krah zugestimmt.* *Peter sieht zwar so aus, wie Du ihn in* *Erinnerung hast, doch mussten wir, wie bei* *Dir, Teile seines Körpers durch synthetische*

Teile ersetzen. Herz, Lunge und andere lebenswichtige Organe wurden von uns durch künstliche Organe ersetzt.

Er ist jetzt mehr als die Hälfte künstlich, sein Körper wird, wenn er 100 % angepasst ist, ein Vielfaches zusätzlich leisten können, viel mehr als er vorher dazu in der Lage war. Es wird aber noch einige Zyklen dauern.

Wir machen jetzt einen Versuch, Du wirst uns beide, mich und Artuust mit einem Sprung in Dr. Krah's OP teleportieren. Konzentriere Dich, ich weiß, dass Du das kannst. Versuche meine Gedanken zu espern, ich helfe Dir, den auslösenden Impuls zu finden, manches Mal helfen geometrische Symbole".

Ich ergriff die Hände von Lohan und Artuust und zu meinem Erstaunen konnte ich Lohan's

Gedanken lesen, Sie dachte gerade an einen Kreis und dann an ein Dreieck, welches Sie nun in den Kreis passgenau einfügte, ich tat instinktiv das gleiche und dachte an den OP-Raum. Ich spürte wieder dieses leichte Ziehen durch meinen Körper, wie bei den Not-Sprüngen und schon standen wir alle drei mitten im OP.

„Du hast es geschafft", sagte Lohan, *„Du hast es wirklich beim ersten Mal geschafft. Das ist großartig"!*

Dr. Krah stand vor einem Bett und darauf lag Peter, er lächelte mir zu und sagte:

„*Schön Dich zu sehen, es ist wohl einiges passiert, seit ich Dich das letzte Mal gesehen habe*“.

„*Ja*“ sagte ich, *es hat sich vieles verändert, ich denke, dass Dr. Krah Dir erzählt hat, wo wir uns befinden*“? „*Ja, das hat er, genauso wie meine Situation. Es ist ein Wunder, dass wir noch am Leben sind*“.

Dr. Krah schaltete sich in unser Gespräch ein und bat uns die Konversation zu beenden. Es sei genug und er wolle Peter nicht überanstrengen.

Zu mir gewandt sagte er: „*In ein, zwei Zyklen sollte Peter wieder voll hergestellt sein, dann könnten wir uns gemeinsam auf die kommenden Aufgaben vorbereiten*“.

Lohan zwinkerte mir zu und meinte: *„Du kannst uns ja jetzt wieder in Dein Apartment zurückbringen".*

Ich dachte an den Kreis und das Dreieck, brachte alles in Einklang und schon waren wir zurück in meinem Wohnzimmer.

Ein rauschender Beifall erklang in meinem Kopf, wie das Klatschen von hunderten von Leuten nach einem gelungenen Konzert.

Lohan und Artuust standen vor mir und klatschten beide in die Hände, das Klatschen aber, vernahm ich nur in meinem Hirn.

„Wir sind stolz auf Dich".

Lohan sagte zu mir: *„Den Sprung, den Du selbst initiiert hast, ging über eine Distanz von nahezu 240 km.*

Der OP-Bereich und die Krankenstation, befindet sich im Zentrum der ‚Vra'. Auf dieser Ebene befindet sich auch die gesamte Antriebseinheit des Sternenschiffes. Die Etagen darüber, es sind einhundertzwanzig, ist unser Lebensbereich.

Die Sphäre, in der wir leben, besteht aus Energie, das heißt, alle Vrahaani vereinen sich zu einer Einheit. Die Sphäre nimmt 1/3 des Raumschiffes ein. Ein weiteres Drittel sind die Räume, welche zur Produktion der ‚Portale' benötigt werden. Die Oberfläche ist der Bereich der Stadt Ernaatu mit seinen Landschaften und Erholungsgebieten für unsere Mitbewohner aus verschiedenen Bereichen des Universums. Umgeben ist die Vra von einem Energieschild. Unter dem

Schild ist eine Atmosphäre, für alle Wesen, welche Sauerstoff zum Atmen benötigen. Es gibt auch Bereiche, speziell für Methan-Atmer. Der Energieschild ist gleichzeitig Schutzschild und dient auch dazu, das Schiff unsichtbar und unauffindbar zu machen.

Nicht in allen Bereichen des Universums geht es friedlich zu. Es kommt vor, dass wir uns gegen aggressive Rassen wehren müssen, aber das ist sehr selten. Wir besitzen jedoch die nötigen Mittel, uns gegen Angreifer zu schützen.

So, das war jetzt eine Einführung in die Geheimnisse des Schiffes, dessen Hauptaufgabe es ist, die Portale (Materie-Transmitter) für die Raumfahrenden, friedlichen Völker des Universums zu errichten und zu schützen.

Für Begegnungen mit aggressiven Rassen werden wir Dich und Peter Hanstatter noch ausgiebig vorbereiten. Artuust, Du und Peter, ihr seid die stärkste Waffe gegen die Arachniden. Nicht überall ist es so friedlich wie in diesem Sektor des Universums. Im äußersten westlichen Teil hinter der großen Leere ist der Lebensraum der Arachniden.

Die Spinnen Völker sind eine sehr gefährliche kriegerische Spezies, die äußerst brutal über ihre Nachbarn herfallen und vernichten. Sie haben schon mehrfach versucht, die Codes für die Portale zu dechiffrieren, das ist ihnen bis bisher nicht gelungen. Viele ihrer Raumschiffe sind beim Versuch die Portale zu benutzen, vernichtet worden. Trotzdem besteht die Gefahr, dass bei ihren Raubzügen, ihnen einmal ein Code eines raumfahrenden Volkes in die Hände fällt oder dass sie den Code dechiffrieren. Sehr unwahrscheinlich, aber nicht auszuschließen. Das gilt es mit allen Mitteln zu verhindern. Der friedliche Teil des Universums muss vor diesen Wesen geschützt werden.

Sobald Peter wieder voll einsatzbereit ist, werden wir damit beginnen Euch für einen solchen möglichen Einsatz vorzubereiten.

Ich ziehe mich jetzt zurück, Artuust wird Dir noch das weitere Vorhaben schildern".

Der Platz, wo sie stand, war plötzlich leer.

***

Nach zwei Erdentagen materialisierte Lohan mit Khoda und Peter in meinem Apartment.

Kommandant Khoda kam gleich zur Sache, er erklärte:

„Du, Peter Hanstatter und Artuust, ihr werdet in weiteren Lektionen auf euren Einsatz auf eurem Planeten vorbereitet.

Es gilt alle Atom-Waffen auf dem Planeten Erde unbrauchbar zu machen. Die politischen Auseinandersetzungen spitzen sich immer mehr zu. Es besteht die Möglichkeit, dass die verfeindeten Staaten, wegen unterschiedlicher Ideologien einen Atomkrieg auslösen. Ihr beide habt die Möglichkeit, dass zu verhindern.

Keine leichte Aufgabe, da die verfeindeten Machthaber, ihre Macht, auf diesen Waffen aufbauen.

Technisch ist es kein großes Problem, die Atomraketen unschädlich zu machen. An die Silos heranzukommen ist schon schwieriger, da alle sehr gut bewacht werden.

Wenn ihr euch Zugang zu den Silos verschafft habt, müsst ihr die Automatik des von uns entwickelten tragbaren Materie-Transmitters einschalten. Der Transmitter wird die Waffen in das galaktische Zentrum dieser Galaxis beamen. Genannt Sagittarius-A, dort werden *sie vernichtet, ohne Schaden anzurichten. Sagittarius-A befindet sich nahe an dem supermassereichen schwarzen Loch und dieses hat eine Masse von 4,1 Millionen Sonnenmassen. Es ist 26.500 Lichtjahre von der Erde entfernt".*

Der Kommandant verabschiedete sich und verschwand mit einem leisen zischen, der Platz, an dem er gerade noch stand, war plötzlich leer.

Lohan übernahm die Konversation und sagte: *„Wenn ihr beide bereit seid, springen wir in die 3D Sphäre und beginnen mit der Schulung".*

Nach einigen Trainingseinheiten waren wir mit der Lage der Silos auf der Erde vertraut.

Die Lage aller Atomwaffen Silos Erde wurden uns holografisch gezeigt, Artuust sagte, er habe alle Pläne gespeichert.

„Wir sitzen seit Jahren auf einem Pulverfass, es wird Zeit das zu ändern", sagte ich zu Peter.

Peter und ich bekamen einen Kampfanzug, dieser war wie eine zweite Haut, schmiegte sich sanft an unseren Körper an.

Lohan erklärte dazu, *„der Kampf-Anzug verbindet sich mit eurem Nervensystem und er wird euch vor Angriffen jeglicher Art schützen, ihr werdet es nicht einmal bemerken, wenn er sich aktiviert. Ihr seid also gut gerüstet für diesen Einsatz. Artuust wird euch beide begleiten und das kleine Raumschiff steuern, er kennt die Systeme des Schiffes. Euer*

Raumschiff ist die Spreene, sie wird in zwei Zyklen startklar sein, es werden nur noch einige Sicherheitskomponenten installiert. Ihr werdet mit diesem Raumschiff unerkannt auf der Erde landen und unbemerkt jeden Punkt erreichen können. Die Spreene ist für das Militär unsichtbar und nicht zu orten. Ich wünsche euch viel Glück und kommt gesund wieder, daran habe ich absolut keinen Zweifel.

***

Einsatz

Peter, Artuust und ich treffen uns auf der dreiundsechzigsten Etage des Raumhafens der Vra. Dort steht die Spreene. Wow, kam es mir über die Lippen, *„das ist ein imposantes Schiff".* Die Spreene war eine Kugel und hatte einen Durchmesser von 50 Meter. Wir bestiegen das Schiff über eine Rampe. Nachdem wir durch die Türöffnung traten, zog sich die Rampe automatisch ein und die Öffnung schloss sich hinter uns.

Artuust führte uns zur Kommandozentrale, dort wieselten einige Roboter umher. Der Raum war kreisrund mit einem Durchmesser von 40 Meter. Unzähligen Anzeigen und Konsolen füllten den Raum. Es war ein leises Summen zu hören.

Artuust sagte zu uns: *„Begebt euch bitte auf eure Sitze, wir sind in fünf Minuten startklar. Es bedarf keiner besonderen Maßnahme, und ihr werdet nicht schwerelos sein. Wir benutzen einen künstlichen Schwerkraft Generator".*

Der Start war unspektakulär, das Schiff erhob sich langsam von seiner Position und stieg in einem Schacht an die Oberfläche. Wir konnten das auf dem übergroßen Monitor verfolgen. Jetzt beschleunigte die Spreene in den freien Raum. Dann sahen wir auch wieder die Sterne, *„sehr imposant sagte Peter".*

Artuust beschleunigte das Schiff immer schneller und er sagte: „Ich habe als erstes

Ziel die Silos in Nord-Korea in den Computer eingespeist, diese liegen in einem unzugänglichen Sperrgebiet nahe der Stadt SANGSON".

Für den Flug zur Erde werden wir 24 Stunden benötigen, bis zum Portal sind es noch genau 20 Stunden. Die Position, nach dem Durchflug des Portals, wird die Umlaufbahn des Saturns sein. Ab diesem Zeitpunkt verringere ich die Geschwindigkeit, sodass wir vor Eintritt in die Erdatmosphäre fast bewegungslos sind. Somit erzeugen wir keine Reibungshitze und sinken langsam in die tieferen Schichten der Atmosphäre. Bei zehn Kilometer Höhe gehen wir in den Antigrav Flug über. Die Automatik steuert dann direkt in das Zielgebiet".

Peter sagte zu mir: *„Jetzt sind wir richtige Raumfahrer, so wie ich es mir immer gewünscht habe".* Ja sagte ich:

„Allerdings unter anderen Voraussetzungen, zum Glück sind wir militärisch gut ausgebildet, was uns sicher bei diesem Einsatz helfen wird".

Noch 10 Stunden bis zum Portal, wir fliegen mit der notwendigen Geschwindigkeit von 2 % Licht.

***

Kommando Brücke des Sternenschiffes Xiigon

Kommandant ‚Heraa' ist außer sich vor Wut, sie bezichtigt ihre Crew als untaugliche Geschöpfe und droht den Crewmitgliedern harte Strafen an, wenn sie es nicht zustande bringen, den Zugangscode für das Portal der Vrahaani zu entschlüsseln.

„Wir stehen jetzt schon zwanzig Zyklen auf der Position, wo das Portal sich befinden soll, das ergab zumindest der letzte Funkspruch der Cynxoo. Der Kommandant der Cynxoo und seine Crew sind bei dem Versuch das Portal zu durchfliegen ums Leben gekommen.

Wir müssen es dieses Mal schaffen, diesen verdammten Code zu knacken".

Heraa verließ demonstrativ ihr Kommando-Nest und verschwand von der Brücke.

Die Besatzung der Xiigon gehören der Theraphosidae an. Es sind intelligente Vogelspinnen, gehen aufrecht auf vier von ihren Hinterbeinen, sind circa 160 cm groß. Das gilt für die männlichen Exemplare, die Weiblichen sind alle über 2 Meter groß. Sie zählen zu den räuberischsten Spezies im bekannten Universum.

Die gesamte Besatzung der Xiigon ist männlich, nur die Kommandantin Heraa ist weiblich, sie gilt als äußerst brutal und rücksichtslos ihrer Besatzung gegenüber.

Die Wissenschaftler arbeiteten fieberhaft an einer Lösung, den Code des Portals zu entschlüsseln. Schon aus Angst vor ihrer Anführerin arbeiteten sie bis zur Erschöpfung.

Verdammt sagte Xoon, der zweite Offizier, es muss doch möglich sein, eine Lösung zu finden, wie man diesen verdammten Code knackt.

Im gleichen Moment erschien Heraa wieder auf der Brücke und nahm ihren Platz im Kommandonest ein.

„Wie weit seid ihr Schwachköpfe gekommen? Xoon was hast Du Neues zu melden"? „Er antwortete kleinlaut, nichts Neues ‚Sir' immer noch kein Resultat". Heraa sprang mit einem Satz aus ihrem Nest, ergriff wahllos einen der niederen Offiziere und tötete ihn mit einem

Biss ihrer Greifzangen. Ihr seid alle nutzloses Gesindel, man sollte euch alle der Brut verfüttern.

Damit verschwand sie wieder und zog sich in ihr Wohn-Nest zurück.

Die Crew war entsetzt über ihr verhalten, wagte aber nicht, etwas zu unternehmen.

Einer der Wissenschaftler sagte leise zu Xoon, *„Sir, ich glaube, ich habe soeben einen Weg gefunden, dieses komplizierte System des Codes zu entschlüsseln“*.

***

Unser Raumschiff, die Spreene hatte schon soweit die Geschwindigkeit verringert, dass wir in die Erdatmosphäre eintauchen konnten. Artuust hatte vorsorglich den Schutzschirm verstärkt. Wir nahmen Kurs auf die koreanische Halbinsel.

Alle Instrumente, so bestätigte Artuust, zeigen an, wir sind unentdeckt. In fünf Minuten landen wir im Einsatzbereich. Macht euch bitte für den Einsatz fertig. Ich bleibe auf dem Schiff und überwache das Ganze, damit ich im Notfall eingreifen kann.

Peter und ich hängten unsere Energie Waffen um, wir nahmen den Transmitter zwischen uns und begaben uns nach unten zum Ausgang.

Die Spreene setzte sanft auf koreanischem Boden auf, wir konnten schon während des

Anflugs zahlreiches Militär-Personal rund um den Sicherheitsbereich erkennen.

Zu Peter sagte ich: *„Durch diesen Überwachungs-Gürtel kommen wir nicht unbemerkt durch. Es wird mir nichts Anderes überbleiben als einen Sprung direkt in den nahen Bereich der Silos zu wagen“*.

Ich stellte mir einen Computerraum vor, fasste Peter und den Transmitter an und wagte den Sprung.

Wir materialisierten genau in einem solchen. *„Schwein gehabt* sagte ich zu Peter, und er antwortete, *und wir sind alleine im Raum. Das Glück ist auf unserer Seite“*.

Wir hatten uns zu früh gefreut, denn es ging die Tür auf und ein Soldat betrat den Raum.

Er wollte schreien, aber es kam kein Laut über seine Lippen, so überrascht war er.

Peter reagierte am schnellsten, löste seine Waffe aus und der Soldat brach lautlos in sich zusammen. Keine Sorge sagte Peter, als er mein Gesicht sah, *„ich habe die Waffe auf Betäubung gestellt“*.

Jetzt müssen wir uns beeilen und zu den Silos kommen, bevor noch mehr Soldaten hier auftauchen.

Den Transmitter zwischen uns öffneten wir eine Tür und standen tatsächlich vor einer der nuklearen Raketen. *„Das Ding jagt mir Angst ein, sagte Peter“*, *„mir auch, sagte ich, lass uns den Transmitter aktivieren“*. Der Transmitter war so geschaltet, dass, wenn er ein Exemplar geortet hat, sämtliche Raketen gleicher Bauart im Umkreis von mehreren tausend Kilometer gleichzeitig deaktiviert und ins galaktische Zentrum der Milchstraße beamt und das Black Hole besorgt den Rest.

Ich aktivierte den Materie-Transmitter und nach wenigen Sekunden war das Monstrum verschwunden. Im gleichen Moment hörten wir herannahende Schritte und wir mussten so schnell als möglich von hier verschwinden. Ich packte Peter und den Transmitter, konzentrierte mich auf die Kommando Brücke der Spreene, schon materialisierten wir genau in der Mitte des Raumes.

„Hervorragend", sagte Artuust, „das war großartig, die werden sich wundern, wo ihre Raketen abgeblieben sind".

Artuust machte uns darauf aufmerksam, dass der Transmitter selbstständig alle nuklear Waffen, selbst die auf dem chinesischen Kontinent, sowie die Bestände von Saudi-Arabien, Indien, Iran, Israel und Pakistan erfasst hatte und allesamt in den Schlund von Sagittarius-A transportierte.

„Der erste Teil ist geschafft, lasst uns Russland, Frankreich und England als Nächstes in Angriff nehmen", sagte ich.

Artuust nahm Kurs auf den russischen Kontinent und landete in der Nähe von Sverdlovsk, im östlichen Teil des Ural. Auch hier blieben wir unentdeckt. Die militärische Anlage der Silos befand sich im südlichen Teil der kleinen Stadt Vostochnyy.

Wir beobachteten erst die Anlage, diese sah auf den ersten Blick überhaupt nicht wie ein militärisches Sperrgebiet aus, die Soldaten waren alle in Zivil, man konnte aber sofort erkennen, dass es Wachmannschaften waren. Sie benahmen sich sehr auffällig und waren alle bewaffnet. Circa 150 von ihnen bewachten das Quadrat Kilometer große, von hohen Zäunen und Wachtürmen umgebene Gelände.

Peter und ich besprachen, wie wir hier vorgehen sollten. Ich sagte: *„Es wird das Beste sein, wenn wir dieselbe Taktik anwenden wie bei den Nord-Koreanern, ich konzentriere mich wieder auf ein Büro und hoffe, dass wir wieder in einem unbewachten Landen"*.

Den Transmitter zwischen uns, konzentrierte ich mich auf ein Gebäude, dieses Mal hatten wir nicht das Glück, wir landeten mitten in einer Art Konferenz Raum und zu allem Unglück war dieser, voll besetz. Wir hatten den Überraschungseffekt auf unsere Seite. Blitzschnell hatten wir die Waffen im Anschlag, stellten diese auf größte Streuung. Es dauerte keine zwei Sekunden und alle Soldaten befanden sich im Tiefschlaf. *„Jetzt aber los"*, sagte Peter, *„konzentriere dich auf einen Bunker"*. Eine Sekunde später befanden wir uns mit dem Transmitter in einem der Silos.

Der Transmitter war aktiviert und wir sahen, wie die Rakete sich vor unseren Augen in Luft auflösten. Ich wollte mich gerade auf den Sprung zurück konzentrieren, da stürmten vier Soldaten durch eine offene Tür, sie schossen sofort auf uns. Ich merkte, dass ich zweimal getroffen wurde, doch die Kugeln fielen wirkungslos zu Boden. Der Kampfanzug hatte sich in Millisekunden aktiviert und mir somit das Leben gerettet. Peter schoss auf die heranstürmenden Soldaten und setzte sie mit der Betäubungswaffe außer Gefecht.

Sie lagen regungslos auf dem Boden, Peter sagte: *„Jetzt aber nichts wie weg, bevor noch mehr kommen".*

Den Transmitter und Peter an der Hand sprang ich direkt auf die Brücke der Spreene.

Artuust startete sofort und beschleunigte die Spreene senkrecht in den Himmel, den Schutzschild auf volle Leistung geschaltet.

In 100 km Höhe nahm er Kurs auf den amerikanischen Kontinent. Mit geringer Geschwindigkeit flogen wir über den Atlantik. Artuust erklärte, *„das war wieder ein voller Erfolg, alle nuklear Waffen aus Russland, Frankreich und England sind auf dem Wege nach Sagittarius-A. Unser wunder Transmitter hat automatisch die Konstruktionsmerkmale der Raketen gespeichert und wir sind jetzt in der Lage die gesamten nuklearen Waffen der USA von hier oben aus zu vernichten“*. Ich empfange gerade Funksprüche des russischen Militärs, sie machen die USA für den Anschlag auf ihre Raketen-Basen verantwortlich. Ja sie behaupten, dass dieser Versuch fehlgeschlagen sei. Ihre Raketen wären alle noch voll einsatzfähig.

„Das ist nicht zu fassen, was bezwecken die damit, sie wissen ganz genau, dass sie vollkommen machtlos sind", sagte Ich.

Artuust schaltete sich ein; *„wir sollten so schnell als möglich die amerikanischen Waffen zerstören, bevor die noch auf dumme Gedanken kommen. Der Detektor des Transmitters erfasste die Raketen in den Silos der USA, und die restlichen auf allen Weltmeeren verteilten Atomwaffen, welche auf U-Booten und Schiffen installiert waren.*

Der Transmitter war aktiviert und im gleichen Moment beobachteten wir einen bläulichen Energiestrahl von dem nordamerikanischen

Kontinent in den freien Raum schießen. „*Das ist ein spektakulärer Anblick*", sagte Peter. „*Noch viel spektakulärer ist, die Erde ist von nun an Atom-Waffen frei. Keiner kann dem andern mehr drohen*", sagte ich.

Artuust sagte: „*Ihr beide müsst jetzt das Heft in die Hand nehmen und zu allen Staaten der Erde sprechen, ihnen die Situation erklären. Ihr sprecht die Machthaber direkt an und macht ihnen klar, dass bei jeder Aggression anderen Völkern gegenüber, ihr sofort und erbarmungslos einschreiten werdet. Sagt ihnen, wer ihr seid, dass ihr sie ab jetzt jede Sekunde beobachten werdet. Wenn alle Menschen zusammenstehen und friedlich miteinander umgehen hat die Menschheit die einmalige Chance in die Gemeinschaft der raumfahrenden Völker aufgenommen zu werden. Das bedarf der Mitarbeit aller. Es wird sich für ALLE lohnen"*.

Wir machten uns gemeinsam daran, den entsprechenden Text zu verfassen, um diesen dann über die gesamte Erde in die Medien einzuspeisen.

Artuust übersetzte den Text in alle bekannten Sprachen der Welt, *„das ist fantastisch, woher kannst du all diese Sprachen"?* Fragte ich.

Er antwortete: *„Hast du vergessen, dass ich ein von den Vrahaani erschaffener Roboter bin?*

Ich kann noch vieles mehr, ihr werdet es noch erleben".

Eine Stunde später sendeten wir die Botschaft über den gesamten Erdball.

Wir wiesen in der Botschaft darauf hin, dass wir die gesamten Goldreserven aller Nationen vorerst durch einen Energie-Schutzschild gesichert haben, nur für den Fall, dass einige immer noch glauben sie besitzen die Macht des Geldes/Goldes. Ein Computerprogramm verteilt anhand der erwirtschafteten Daten des Brutto-Sozialprodukts der einzelnen Staaten wie das Geld von nun an gerecht aufgeteilt wird.

Wir werden das genau beobachten.

Wir das sind, Kommandant FALK MAARO, und Flight-Engineer PETER HANSTATTER.

Die Crew Mitglieder der verschollenen Falcon 10XHeavy „Mission Moon Base"

Wir handeln im Auftrag der VRAHAANI. Die Vrahaani sind ein Volk aus den Tiefen des Universums und absolut friedlich, sie wollten verhindern, dass die Erde durch einen Atomkrieg ausgelöscht wird. Es haben sich schon viele Zivilisationen in dieser Galaxis auf diese Weise zerstört. Genau das wollten sie verhindern. Die gesamte Menschheit hat jetzt die Chance, sich zu einigen und ihre Konflikte zu begraben. Nur gemeinsam werdet ihr den Sprung in ein neues Zeitalter schaffen.

Bildet eine neue Weltregierung, die Vrahaani werden euch dabei helfen. Sie werden helfen, die Energie Probleme zu lösen. Neue Antriebe für die Raumfahrt zur Verfügung stellen. Die

Menschheit wird dadurch in kurzer Zeit in der Lage sein das Weltall zu erforschen und wird in die Gemeinschaft der raumfahrenden Völker der Galaxis aufgenommen werden. Dieses Video wurde ununterbrochen über alle Kanäle ausgestrahlt.

***

Washington DC

Der Präsident der Vereinigten Staaten von Amerika, saß zusammengekauert in seinem Sessel im „Oval Office", umgeben von seinen engsten Vertrauten und besprach das weitere Vorgehen, er wollte von seinen Generälen bestätigt haben, ob tatsächlich die Raketen Silos leer sind. Das wurde ihm bestätigt und er machte die Generäle für ihr Versagen verantwortlich. Er wollte wissen, wie das geschehen konnte, ohne dass jemand der „hoch" bezahlten Generäle etwas davon mitbekommen hat. Seine Berater erklärten ihm, die Macht aus dem Weltraum hat die Kontrolle über die Erde, jeder von uns, auch „**SIE**" sind machtlos. Wir sollten in dieser Situation der Forderung nach Bildung einer Weltregierung Folge leisten und versuchen auf diplomatischem Wege mit allen Ländern der Erde Kontakt aufnehmen, denn das ist der einzige Weg, wenn wir eine neue Weltordnung aufbauen wollen.

Wir sollten jetzt den ersten Schritt tun.

Ein IT Spezialist berichtet den im Oval Office anwesenden, dass die Goldreserven hinter einem Energieschirm abgeschirmt und nicht mehr zugänglich sind. Ein uns unbekanntes Computer Programm hat weltweit damit begonnen, die Vermögen der 100 reichsten Einzel Personen auf der Erde, auf die gesamte

Bevölkerung aufzuteilen. Es ist unmöglich, in dieses Programm einzugreifen, es ist zu kompliziert, die IT Experten sind hilflos, sie sagen: „Dieses Programm ist uns 10.000 Jahre voraus, die Algorithmen noch nicht Mal im Ansatz zu verstehen. Jeder noch so kleine Versuch in das Programm zu gelangen, endet mit der sofortigen Zerstörung der gesamten Computer Anlage. Das Internet wird lückenlos von diesem Programm beherrscht. Die Macht aus den Tiefen des Universums droht jedem Land, welches versucht, sich zu widersetzen damit, die betreffende Region, durch einen EMP (Elektro Magnetik Puls) ihr komplettes Stromnetz zu zerstören.

„Ich möchte eine Verbindung mit der russischen, chinesischen und der europäischen Regierung", bat der Präsident kleinlaut seine Mitarbeiter.

***

Artuust spielte uns diese Konversation vor, er sagte: *„Er habe die Leitungen im Weißen Hause angezapft und alles mitgeschnitten"*.

Na das ist doch schon mal ein Anfang, sie haben begriffen, dass sie handeln müssen und versuchen in Gemeinsamkeit eine neue Welt aufzubauen.

Wir halten ein Auge darauf!

Amerikaner, Russen und Chinesen werden versuchen, die Oberhand zu behalten, es wird ein langer Weg, bis es zu einer Weltregierung kommt. Ohne die Mitarbeit aller Nationen und seien sie auch noch so klein, können sie keine Regierung bilden.

„Ich bin zuversichtlich", sagte ich.

Ich fragte Artuust, wie er das mit dem Computer Programm aus unserem Raumschiff Spreene gemacht hat.

Er antwortete: *„Ich sagte doch schon, ich bin ein Roboter der Vrahaani und noch zu ganz anderen Dingen fähig. Ich habe auch noch einige nano Roboter auf der Erde zurückgelassen, durch diese haben wir* ständig einen Überblick wie sich alles entwickelt. Diese winzigen Roboter halten ständigen Kontakt zu mir, ich kann also zu jeder Zeit regulierend eingreifen, egal wo wir uns im All befinden. Entfernung spielt keine Rolle". „Toll", sagte ich: „Bin gespannt, wie lange es dauert, bis sie sich konsolidiert haben".

Artuust wollte gerade die Spreene für den Rückflug programmieren, da erhielt er eine Nachricht vom Kommandanten Khoda: „Bitte sofort zur Vra zurückkehren, wir brauchen eure Hilfe. Die Arachniden sind kurz davor den Code für das Portal im westlichsten Sektor, kurz hinter der großen Leere zu entschlüsseln. Das muss unbedingt verhindert werden, sollten die Arachniden es schaffen, wäre das *eine Katastrophe. Sie hätten dann Zugang zu den östlichen Sektoren des Universums.*

***

Kommando Brücke der Vra

Peter, ich und Artuust diskutieren mit Khoda wie wir die Arachniden an ihrem Vorhaben hindern können.

Khoda sagte: *„Ich gebe euch für diesen Notfall zwei Kampfschiffe der Flotte IV als Schutz mit auf den Weg. Die Schiffe haben*

Roboterbesatzungen und werden von Artuust befehligt. Die Kampfschiffe sind in der Lage, eine Invasion mit Gewalt zu stoppen. Sie werden auf Befehl von Artuust die Flotte der Arachniden zerstören, wenn es nötig werden sollte. Ihr beide, Falk und Peter, ihr solltet, bevor es zum äußersten kommt, versuchen den Kommandanten des Arachniden Schiffes davon überzeugen, dass es für ihr Volk den Untergang bedeutet, sollten sie ihr Vorhaben weiter durchführen wollen. Die freien raumfahrenden Völker werden nicht zurückschrecken ihre gesamte Zivilisation auszulöschen.

Sagt ihnen, das sei ihre einzige Chance der Vernichtung ihres Volkes abzuwenden. Das ist unsere letzte Warnung"!

„Euch beide, Falk und Peter frage und bitte ich, wollt ihr das für uns tun? Der Einsatz ist nicht ungefährlich, obgleich wir euch mit besonderen Fähigkeiten ausgestattet haben“.

Peter und ich antworteten gleichzeitig, „wir sind bereit, ihr könnt uns voll vertrauen“.

Khoda sagte: „Lohan wird euch mit den Spinnenwesen vertraut machen, vor allem ihre Aggressivität und ihre Hierarchie“.

Lohan, Artuust und wir beide teleportierten in die 3D Sphäre, dort zeigte Lohan uns wie die Spinnen aussehen und ihre Lebensgewohnheiten. Sie haben nur eines im Sinn, fressen und erobern, sie scheuen sich nicht, ganze Planeten zu besetzen und alles organische Leben zu fressen und an ihre Brut zu verfüttern.

Grausam sagte ich: *„Die schrecken vor nichts zurück, sie müssen gestoppt werden"*.

Lohan wies uns darauf hin, dass die drei Schiffe für den Einsatz vorbereitet werden, es wird noch einen Tag dauern. Ruht euch bis dahin aus, ich lasse euch wissen, wenn die Schiffe startklar sind.

Ich sprang mit Peter in unser Quartier. Nur Artuust und ich sind Teleporter, Peter ist dazu nicht befähigt.

Am nächsten Morgen brachte uns Lohan auf die Kommando Brücke der Vra, dort waren Vrahaani versammelt, welche wir vorher noch nie zu Gesicht bekommen haben. Khoda übernahm das Wort und sprach: *„Wir alle, die wir hier versammelt sind, möchten euch von ganzem Herzen für eure Hilfe danken, wir wissen das zu würdigen, gleichzeitig Wünschen wir alle hier, dass es euch gelingt, die Invasion der Spinnen zu stoppen. Viel Glück"*!

Applaus von allen Anwesenden setzte ein und wir waren gerührt.

Eine viertel Stunde später waren Artuust und wir beide auf der Brücke der Spreene. Der Verband der drei Schiffe startete kurz darauf in den freien Raum.

Der Bord Computer berechnete die Flugzeit bis zum ersten Portal mit 22 Stunden, danach noch mal 14 Stunden bis zum letzten Portal, welches uns dann bis zu dem Portal befördert, wo das Spinnenschiff sich befindet.

Peter sagte: *„Ich hoffe, wir kommen noch rechtzeitig und das Schiff der Arachniden hat es noch nicht geschafft den Transmitter zu passieren".*

***

Kommando-Brücke der Xiigon

Xoon der zweite Offizier der Xiigon wollte von dem Wissenschaftler wissen, wieweit er mit seiner Erkenntnis ist, den Code des Portals der Vrahaani zu entschlüsseln. Uxron der Wissenschaftler, antwortete: *„Es dauert noch zwei Minuten, dann mache ich den ersten*

Test, danach werde ich sehen, ob das Portal darauf reagiert. Ich bin sehr zuversichtlich Sir". Xoon war sichtlich zufrieden und hoffte, dass Uxron den Durchbruch tatsächlich schafft, er hatte panische Angst vor weiteren Wutausbrüchen seines Kommandanten Heraa.

Die zwei Minuten waren um und Uxron startete den ersten Versuch, auf seinem Bildschirm erschienen positive Meldungen, eine nach der anderen, dann schrie er, so laut er konnte, Hurra, wir haben es geschafft. Xoon verständige sofort Heraa, sie muss entscheiden, wann wir den Durchbruch wagen.

In Windeseile benachrichtigte Xoon den Kommandanten, Heraa stürmte auf die Brücke und ließ sich in ihr Kommando Nest fallen und verlangte einen Bericht.

Heraa war das erste Mal guter Laune, nachdem sie den Bericht des Wissenschaftlers gehört hatte. Sie lobte sogar die Crew und den zweiten Kommandanten Xoon für die hervorragende Arbeit und gratulierte dem Wissenschaftler für seinen Erfolg.

So etwas war niemand an Bord der Xiigon von ihr gewohnt.

Sie befahl, den Durchbruch in einer Stunde durchzuführen. *„Xoon, bereite alles vor und benachrichtige mich, sobald das Schiff für das Passieren des Portals bereit ist. Du hast das Kommando“.*

„Alle Mann auf Gefechtsstation, sagte Xoon, *die Xiigon ist ab sofort in voller Alarmbereitschaft".* Die Alarmbeleuchtung auf der Brücke schaltete automatisch auf Rot und wurde in ein diffuses Licht gehüllt. Die Spinnweben mit den dazugehörenden Transportfäden, welche für einen schnellen Transport von einer Station zur anderen benutzt wurden, leuchteten abwechselnd in Gelb und Grün, eine gespenstische Kulisse. Die Offiziere besetzten ihre Positionen vor den verschiedenen Konsolen, die Geschütze wurden besetzt und meldeten nacheinander ihre Einsatzbereitschaft.

Die Xiigon, war vor Ablauf einer Stunde gefechtsbereit, Xoon gab Anweisung, Heraa zu informieren.

Heraa benutzte einen der Transportfäden auf die Brücke, dort übernahm sie das Kommando.

„Uxron, aktiviere das Portal, richte es so ein, dass wir ein Lichtjahr nach Durchflug des Portals zu einem Stopp kommen. Ich möchte mir erst einen Überblick verschaffen bevor wir Kurs auf einen der bewohnten Planeten in der Nähe nehmen.

Xoon, setze einen Funkspruch an das Hauptquartier der Flotte ab und informiere General Xorxicca, sobald wir das Portal durchflogen haben".

„Jawohl Sir", antwortete Xoon.

***

Hauptquartier der Arachniden.

Scy, der Heimat Stern der Arachniden liegt innerhalb einer einsamen Spiral Galaxie mit dem Namen NGC 6503. Die Galaxie ist von der Milchstraße 18 Millionen Lichtjahre entfernt und ist am äußeren Rand der großen Leere gelegen. NGC 6503 ist die einzige

Galaxie in der sonst sternenlosen Dunkelheit. „Die große Leere" (the local void) umspannt 150 Millionen Lichtjahre. Drei Planeten umkreisen Scy, davon ist einer innerhalb der bewohnbaren Zone und hat den Namen Scytol.

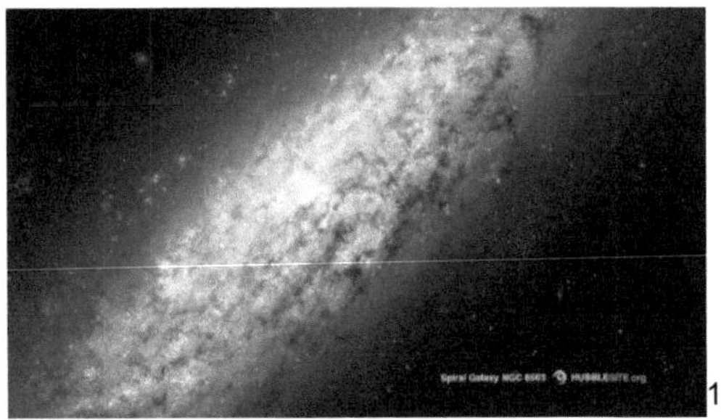

Scytol ist der Heimatplanet der Arachniden.

Die Spinnenwesen haben mit ihrer Aggression, innerhalb ihrer Galaxie NGC 6503 anderen Völkern gegenüber großen Schaden angerichtet. Sie haben viele Völker der Galaxie nahezu ausgerottet.

Jahrmillionen Isolation der Galaxis NGC 6503 haben dazu beigetragen, dass die dominante Spezies der Arachniden immer wieder Völker überfallen haben, welche sich gerade von den letzten Angriffen der Spinnen erholt hatten. Es konnte sich kein Volk entwickeln, welches in der Lage gewesen wäre die große Leere zu überwinden. Es fehlte ihnen die Zeit, sich technisch zu entwickeln. Die Arachniden haben das immer wieder verhindert.

General Xorxicca, sie ist die kommandierende Generalin der Arachniden. Mit allen ranghohen Offizieren saß sie zusammen in dem riesigen Kuppelbau der Regierung. Sie teilte den Anwesenden mit, dass die Xiigon das Portal durchflogen habe, eine überragende Leistung der Kommandantin „Heraa".

Die Zukunft unseres Volkes ist damit gesichert. Wir haben ab sofort Zugang zu den Galaxien jenseits der großen Leere.

Es folgte tosender Applaus, er wollte gar nicht mehr verebben, so begeistert waren alle.

Xorxicca befahl die sofortige Mobilmachung der gesamten Flotte. Wir warten auf eine weitere positive Nachricht der Xiigon, dann brechen die ersten hundert Schiffe der

Kampfflotte VI auf und folgen der Xiigon. Einen solchen Triumph konnten wir seit tausenden von Jahren nicht mehr Feiern, *„Hoch lebe das Volk der Arachniden, nichts wird unsere glorreichen Siege verhindern können. HOCH, HOCH, HOCH"*.

***

Kommando Brücke der Spreene

„In einer Stunde werden wir vor dem Portal 7733 materialisieren", sagte Artuust zu uns. Gleichzeitig setzte er die begleiteten Kampfschiffe in Alarmbereitschaft.

Peter und ich waren sehr angespannt, kein Wunder, denn wir wussten absolut nicht, was auf uns zukommt.

Die Spreene materialisierte 100.000 km vor dem Transmitter, das Licht auf der Brücke schaltete automatisch auf Notbeleuchtung, es war alles in diffuses grünes Licht getaucht.

Artuust sagte zu uns: „Wir sind leider zu spät, das Portal wurde vor 12 Stunden von einem Raumschiff benutzt. Es muss ein Schiff der Arachniden gewesen sein, welches den Zugangs Code entschlüsselt und benutzt hat. Der Bord-Computer hat die Daten des Portals abgefragt und die Benutzung des Codes bestätigt. Es wurde keine Identifikation des durchfliegenden Schiffes hinterlassen. Somit ist erstmalig der Durchbruch eines fremden Schiffes gelungen. Das ist noch nie, seit Errichtung der Portale passiert. Jetzt gilt es das Schiff der Arachniden aufzuspüren. Einen weiteren Durchbruch der Arachniden durch das Portal müssen wir verhindern“.

Computer, stelle eine Verbindung zu der Vra her, Khoda muss entscheiden, wie wir weiter vorgehen sollen.

Der Bordcomputer hatte in wenigen Minuten eine Verbindung zur Vra hergestellt. Khoda erschien in einer Holografie direkt in der Mitte der Brücke, und sagte zu uns: „Falk, Peter und Artuust, es muss verhindert werden, dass weder ein Schiff zurück, oder noch schlimmer eine Flotte der Arachniden dem ersten Schiff folgt. Nachdem ihr mit den drei Schiffen von uns, durch das Portal geflogen seid, und die Verfolgung aufgenommen habt, ist das Portal sofort zu vernichten. Das ist zwar ein herber Verlust, doch jederzeit zu ersetzen. Das fremde Raumschiff muss aufgespürt und zur Rechenschaft gezogen werden. Ihr habt volle

Handlungsfreiheit". Danach erlosch die 3D Verbindung. Ich sagte zu Artuust und Peter: „Dann lasst uns mit der Arbeit beginnen. Hoffentlich finden wir die Arachniden, bevor sie irgendwo Schaden anrichten.

Computer: „Finde heraus in welchen Sektor sich das fremde Schiff hat abstrahlen lassen. Berechne die Distanz, die ein Schiff in 12 Stunden mit Lichtgeschwindigkeit zurücklegt. In diesem Bereich beginne mit dem Scannen des Raumes. Achte auf Hinweise von Notrufen bewohnter Planeten in diesem Sektor".

„Sir", Das Arachniden Schiff hat sich in die Pinwheel Galaxis, Konstellation ERIDANUS abgestrahlt. Dieser Sektor ist dicht besiedelt, mit etlichen bewohnten Planeten um die Sonne Epsilon Eridanos".

Ich sagte:

„Artuust ändere bitte den Code des Portals so, dass nur unsere Raumschiffe passieren können. Ist das möglich?"

Artuust bestätigte mir, er würde sofort damit beginnen, es könnte ein bis zwei Stunden dauern bis er das Portal umprogrammiert hat.

Computer, sagte ich: *„Veranlasse das Passieren der Spreene plus eines der Kampfschiffe des Portals 7733, nachdem Artuust das Portal umprogrammiert hat. Ein Kampfschiff in Alarmbereitschaft, bleibt zur Bewachung des Portals zurück. Der Versuch eines Schiffes, welches versucht, den Zugangscode zu manipulieren, löst sofort die Zerstörung des Portals durch das Überwachungskampfschiff aus".*

Nach einer Stunde meldete Artuust, dass er den Code nur auf unsere Schiffe programmiert hat, wir können jederzeit die Verfolgung aufnehmen.

„OK", sagte ich: *„Dann lasst uns das tun"*. Artuust übernahm das Kommando auf der Brücke und steuerte die Spreene, gefolgt von dem Kampfschiff der IV. Flotte, durch den Transmitter.

***

Kommando Brücke der Xiigon

Die Xiigon materialisierte, wie vorausberechnet, nahe der Pinwheel Galaxis, in der Konstellation Eridanos.

Heraa saß bequem in ihrem Kommandonest und beobachtete den großen Panorama Bildschirm. Darauf war die Konstellation Eridanos abgebildet. Die Scanner liefen auf Hochtouren, sie suchten Planeten mit Hinweisen auf Leben. Heraa sagte zu Xoon: *„Wenn ein geeignetes Objekt gefunden wird, überprüfe um was für eine Lebensform es sich handelt. Am besten ist es, wir finden einen*

Planeten mit einer Spezies, welche gerade am Anfang einer Zivilisation steht. Sie ist dann noch nicht so weit, dass sie hoch entwickelte Waffen besitzt. Somit ist mit dem wenigsten Widerstand zu rechnen und wir können unsere Verluste auf ein Minimum reduzieren".

Es dauerte nicht lange, da meldete sich der Offizier, welcher den Live Scanner bediente: „Kommandant, ich habe ein interessantes Objekt entdeckt. In der Umlaufbahn der Sonne Epsilon Eri befinden sich drei Planeten in der bewohnbaren Zone, einer davon zeigt primitive Intelligenz. Die Bewohner haben gerade angefangen, mit Radiowellen zu experimentieren".

„Xoon, sagte sie: *„Wir nehmen Kurs auf diesen Planeten, veranlasse die Invasion.*

Wir haben den Vorteil der Überraschung auf unserer Seite. Wir greifen unvermittelt an. Das Schiff ist ab sofort in höchster Alarmbereitschaft. Nach der Landung schwärmen unsere Kampftruppen aus und machen so viel Beute, wie möglich. Die toten Gegner sind der neuen Brut vorbehalten. Die lebenden Gefangenen sind auf Vorrat zu konservieren.

Ich wünsche unseren Truppen viel Erfolg und gute Beute".

***

Die Spreene materialisierte am Rande der Pinwheel Galaxie und bremste zur Orientierung bis zum Stillstand ab. Artuust sagte zu uns: „Die Scanner laufen auf Hochtouren und ich hoffe, dass der Computer uns bald Hinweise auf den Aufenthalt die gesuchten Arachniden liefern wird".

Der Computer ließ nicht lange auf einen Hinweis warten.

„Den Stern Epsilon Eridani umkreisen drei Planeten in seiner habitablen Zone, der bewohnte Planet heißt Thakk. Er ist die Heimat der LockLock. Die LockLock sind gnomenhafte Humanoide mit spitzen Haarlosen Ohren. Nur an ihren Spitzen haben sie gelbe Haarbüschel. Die LockLock sind 120 cm groß und ihre Haut ist grau und lederartig, sie können sich für einen längeren Zeitraum unsichtbar machen und beherrschen die Telekinese. Sie sind in der Lage Gegenstände ihres fünffachen Körpergewichts bis auf 200 Meter anzuheben und dann fallen zu lassen. Mit tödlichen Folgen für ihre Gegner. Ihre Gegner auf dem Planeten Thakk, sind die Moolk. Sie sind Amphibien und Comodo Waranen sehr ähnlich. Die Moolk bewegen sich auf ihren Hinterbeinen, welche denen von Sauriern ähneln. Ihre Vorderbeine sind weniger stark ausgeprägt, sie dienen nur dazu, ihre Beute festzuhalten. Der Schwanz dient ihnen als Stabilisator. Die Moolk machen jagt auf alles was sich bewegt und sich in ihrer Reichweite befindet. Sie überfallen oft die Dörfer der LockLock, meist in der Nacht und überraschen die Schlafenden".

Ich sagte gerade: „Es wundert mich, dass noch kein Hilferuf eingetroffen ist. Der Planet *scheint wie geschaffen für eine Invasion der Arachniden, die LockLock scheinen noch nicht so weit zu sein sich gegen aggressive Angreifer zu verteidigen. Ich hoffe, sie haben Thakk nicht entdeckt".*

Der Computer belehrte mich eines Besseren, er meldete soeben einen Angriff auf den Planeten.

Artuust gab sofort Anweisungen, Kurs auf Thakk zu nehmen und das so schnell als möglich. Die Spreene beschleunigte mit höchst Leistung und nahm Kurs auf Thakk.

Artuust ordnete für beide Raumschiffe Gefechtsbereitschaft an. Peter und ich bereiteten uns auf unseren Kampfeinsatz vor. Wir schlüpften in unsere Kampfanzüge und die Sensoren verbanden sich automatisch mit unserem Körper, Anzug und Körper, inklusive zentrales Nervensystem waren miteinander vereinigt. Der winzige Computer des Kampfanzuges meldete über Display, dass der Anzug kampfbereit ist.

Die Spreene war nur noch eine Million Kilometer von Thakk entfernt als der Bord Computer heftige Kämpfe auf dem Planeten meldete. Es wird Zeit, dass wir eingreifen, die LockLock als auch die Moolk haben gegen die Spinnen keine Chance. Der Bord Computer übertrug die Kampfhandlungen direkt auf den riesigen Monitor auf die Brücke der Spreene.

***

Die Xiigon landete in einer Steppe mit Buschwerk und kleineren Bäumen. In der Nähe befanden sich zahlreiche Siedlungen von einheimischen Bewohnern. Die Bewohner kamen neugierig aus ihren Häusern und rannten auf das eben gelandete Raumschiff zu, wollten es winkend begrüßen. Das war ein Fehler, die ersten Spinnen stürmten aus dem Raumschiff und griffen die ahnungslosen Wesen sofort und ohne Warnung an. Die kleinen Wesen waren so überrascht, dass sie gar nicht an eine Gegenwehr dachten. Es dauerte eine ganze Weile bis ihnen gewahr wurde, die wollen uns töten. Sie besannen sich ihrer Fähigkeiten und gingen zum Gegenangriff über.

Xoon, der Anführer der Arachniden, trieb seine Soldaten an, die heraneilenden Wesen unter Beschuss zu nehmen. Er befahl sie alle zu töten. Die zweite Welle der Arachniden sollte sich um Gefangene kümmern und diese an Bord der Xiigon bringen. Ihrer ersten Angriffswelle fielen die meisten der kleinen Gestalten zum Opfer. Doch dann geschah etwas, auf das war Xoon und seine Angreifer nicht gefasst, die anrennenden Wesen verschwanden urplötzlich, sie lösten sich vor ihren Facetten Augen in nichts auf. Was geht hier vor schrie Xoon. Dann sah er, wie viele seiner Soldaten vom Boden abhoben und durch die Luft flogen. Die Soldaten stürzten wie auf Kommando aus circa hundert Meter ab und schlugen auf dem Boden auf. Das hat keiner überlebt, dachte Xoon. Er schrie seine Soldaten an, sie sollten vorsichtig sein und nicht blind anstürmen. Das hatten die aber schon selbst erkannt, gegen wen sollten sie kämpfen? Es war ja keiner mehr da. Immer mehr Soldaten seiner Truppe, lernten fliegen und stürzten dann zu Tode.

Aus den nahe liegenden Wäldern sah Xoon weitere Wesen auf sie zu rennen, diese Wesen sahen anders aus als die ersten ihrer Opfer. Es waren zwei Meter große Reptilien, sie rannten auf zwei Beinen und das schnell. Er befahl seiner Truppe, sich auf diese Wesen zu konzentrieren. Der Angriff auf die Echsen war verheerend, keine der Echsen überlebte den Angriff. Seine Soldaten waren wie im Blutrausch und brachten alle Echsen ums

Leben, die ihnen entgegen stürmten. Jetzt erschienen auch wieder die Winzlinge, sie hatten sich in einigem Abstand formiert und griffen seine Leute an. Hunderte seiner Soldaten flogen in die Höhe und stürzten kurz darauf ab und blieben leblos am Boden liegen.

***

Artuust stoppte die Spreene in eintausend Meter Höhe über dem Raumschiff der Arachniden.

Wir sahen das grausame Abschlachten der wehrlosen Geschöpfe, die Angreifer gingen rücksichtslos gegen die LockLock vor. In kurzer Zeit war das halbe Dorf ausgelöscht. Dann sahen wir aber auch, dass die LockLock sich durchaus zur Wehr setzen konnten, sie machten sich unsichtbar und gleichzeitig beförderten sie ihre Gegner in die Luft und ließen sie dann zu Boden stürzen. Alle Arachniden blieben leblos am Boden liegen. Peter und ich sahen jetzt, wie weitere Wesen aus dem nahen Waldstück auf die Arachniden zustürmten. Die Echsen hatten nicht die geringste Chance, sie wurden alle getötet.

Aus dem Arachniden Raumschiff wurden tausende kleinere Kampfschiffe ausgeschleust, sie schwärmten in alle Richtungen aus.

Artuust befahl dem Roboter Kampfschiff die Verfolgung und die Vernichtung der eben ausgeschleusten Kampfeinheiten der Arachniden.

Ich sagte zu Peter: *„Wir sollten uns in das Hauptschiff teleportieren, dort ist mit Sicherheit der Kommandierende der Kampfflotte. Wenn wir den in unsere Gewalt bringen, können wir weiteres Blutvergießen verhindern"*.

Bist Du bereit, fragte ich Peter: *„Ja es kann losgehen,"* antwortete er.

Ich konzentrierte mich auf eine Halle oder Ähnliches auf dem Arachniden Schiff und hoffte auf mein Glück, wir sprangen ins unbekannte des fremden Raumschiffes, und hatten Glück!

Wir materialisierten in einer Halle, sie war gruselig. Es war ein von tausenden Spinnweben und Nestern durchsetztes Gebilde, in einigen der Nester waren junge Spinnen in ihren Cocoon zu sehen. Peter sagte: *„Wir sind inmitten der Brutnester gelandet, lass uns hier sofort verschwinden, bevor die Brutpfleger auftauchen".*

Zu spät, an einem Spinnfaden, quer durch die Halle, bewegte sich eine Spinne mit beachtlicher Geschwindigkeit auf uns zu. Ich sah, wie sie Peter mit einem Spinnfaden umwickelte, das ging rasend schnell, er konnte seine Arme nicht bewegen und war in Sekunden voll eingesponnen. Ich beschoss die Riesen Vogelspinne mit einem gezielten Schuss aus meiner Energie Waffe. Die Spinne war sofort tot. Sie hatte aber, bevor sie starb um Hilfe gerufen und die Wachmannschaften auf uns Eindringlinge aufmerksam gemacht, ich hatte ihre Gedanken gelesen und war gewarnt. Peter aus seinem Gefängnis zu befreien, war nicht so einfach, die Spinnfäden waren extrem widerstandsfähig, ich musste sie mit der Waffe zerstrahlen. Die jungen Spinnen in ihren Nestern schrien fürchterlich, lass uns von hier verschwinden sagte ich, es hilft nur ein Sprung ins Ungewisse, den zu Fuß ist es unmöglich, bei jeder Berührung einer Spinnwebe dauerte es eine ganze Weile, bis man sich wieder davon befreit hat, so kleben diese Fäden.

Peter und ich materialisierten in einem Raum, ich erkannte auf Anhieb, wir befanden uns im

Computerzentrum. „*Wieder mal Glück gehabt sagte Peter, lass uns diese Einheit lahmlegen*". Okay sagte ich: „*Wir durchtrennen die Hauptkabel, das sind diese dicken Leitungen die zu den einzelnen Terminals gehen*".

Peter durchtrennte die Kabel mit einem gezielten Schuss, so sagte er, ohne Computer sind sie hilflos und unfähig mit diesem Raumschiff zu fliehen. Die Reparatur nimmt mindestens zwei, drei Tage in Anspruch.

Artuust fragte telepathisch bei mir nach, ob alles in Ordnung sei, ich sagte ihm, dass wir den Bord Computer lahmgelegt haben und nun versuchen den Kommandanten gefangen zu nehmen. Okay, sagte er, seid vorsichtig, diese Biester sind grausame Geschöpfe.

Das Raumschiff der Spinnen war riesig, wir konnten uns an den Konsolen des zentralen Computers den Lageplan des Schiffes einprägen. Die Lage der Kommando Brücke hatte ich in meinem Gedächtnis gespeichert. Mit Peter an der Hand wagte ich den Sprung direkt auf die Brücke des Arachniden Schiffes.

Wir materialisierten wenige Meter hinter einer riesigen Spinne, sie saß in einer Art Nest, hatte einige fremdartige Konsolen direkt vor sich. Auf einem überdimensionalen Bildschirm, an der Wand gegenüber beobachtete sie die Kampfhandlungen ihrer Krieger. Sie bemerkte unser plötzliches Erscheinen nicht, sie war von der Schlacht so beeindruckt, es hatte den Anschein, als kämpfte sie physisch mit.

Eine kleinere Spinne hatte uns bemerkt, stieß einen grässlichen Warnton aus, die Spinne vor den Konsolen drehte sich zu uns um, da schoss Peter auch schon. Sie viel in sich zusammen und hing in ihrem Nest. Alle anwesenden Spinnen auf der Brücke sackten in sich zusammen und lagen auf dem Boden oder hingen regungslos in ihren Nestern. Peter sagte zu mir: *„Ich habe die Energiewaffe auf größte Streuung und Betäubung gestellt. Das sollte für die nächsten 8-10 Stunden reichen"*.

Unsere ausgeschleusten Roboterschiffe, welche die Verfolgung der Arachniden Schiffe aufgenommen hatten, meldeten die ersten

Erfolge. Mehr als 2/3 der Spinnen Flotte war bereits vernichtet.

Die Bodentruppen der Arachniden befanden sich auf dem Rückzug, sie hatten erkannt, dass sie ihren Eroberungsfeldzug nicht gewinnen konnten.

Die auf dem Rückzug befindlichen Krieger, wurden von unseren Robotern, beim Betreten ihres Schiffes betäubt und in die große Lagerhalle verfrachtet.

Sie mussten betäubt werden, denn auch unbewaffnet stellten sie eine Gefahr dar. Die Bisse mit ihren Fängen sind tödlich.

Die glorreiche Schlacht der Arachniden war verloren, die Bewohner von Thakk konnten aufatmen, sie hatten tapfer gekämpft, und mit unserer Hilfe haben die LockLock die Angreifer in die Flucht geschlagen.

Einen Tag später waren alle Kämpfe eingestellt und die Krieger der Arachniden in Gewahrsam.

Die Kommandantin war wieder bei Bewusstsein und ich konnte mich mit ihr telepathisch unterhalten. Alle meine Versuche, mich mit ihr vernünftig auseinanderzusetzen schlugen fehl, sie war uneinsichtig, arrogant und beschimpfte mich ununterbrochen. Auf den Vorschlag von mir, ihrem Schiff Geleit bis zum Portal zu geben, und den Rückflug in ihre Galaxis zu gestatten, endete in wilden Beschimpfungen und Drohungen. Sie drohte alle Völker in diesem

Sektor des Universums zu erobern und zu vernichten.

Während unserer Konversation erschien Artuust und schaltete sich in unser Gespräch, er sagte zu Heraa: „Ich möchte Dich darauf hingewiesen, dass die Flotte unter Deinem General Xorxicca, beim Versuch das Portal zu durchfliegen, vernichtet wurde. Den Schiffen, welche noch nicht das Portal passiert hatten, wurde die Möglichkeit eingeräumt umzudrehen und zu eurem Heimat Planeten Scytol zurückzukehren. Sie alle haben ihre Chance nicht genutzt und sind ihrem Führer in den Tod gefolgt. Für wen haltet ihr euch? Ist es das wirklich wert? Du hast jetzt die einmalige Chance, den richtigen Schritt zu tun. Wir begleiten euch bis zum Portal, fliegt zurück und ermöglicht eurem Volk einen Neuanfang, es liegt an Dir! Entscheide Dich, ich wiederhole mein Angebot nicht noch einmal.

Heraa saß zusammengekauert in ihrem Kommando Nest, sie antwortete kleinlaut zu Artuust und uns: *„Ich nehme das Angebot an, ihr habt uns vernichtend geschlagen und ich sehe ein, dass weiteres Blutvergießen keinen Sinn macht. Ihr hättet mein Schiff vernichten können, ihr habt meine Besatzung geschont, anstatt sie zu töten. Ich bitte im Namen meiner Besatzung um Vergebung".*

Artuust antwortete: *„Eine kluge Entscheidung, wir werden deine Crew freilassen, sie können sich frei im Schiff bewegen, solltest du Hilfe bei der Reparatur eures Bord Computers* *brauchen, lass es uns wissen"*. Sie stand aus ihrem Nest auf, benutzte einen der Fäden und entfernte sich von der Brücke.

Ich sagte zu Artuust: *„Wir lassen besser ein Kommando unserer Roboter auf dem Schiff, ich glaube zwar nicht, dass Heraa ein falsches Spiel spielt, trotzdem besser ist besser"*.

Artuust veranlasste sofort, Roboter als Wachen auf dem Arachniden Schiff zu postieren, sie sollten das Schiff nochmals eingehend auf versteckte Waffen durchsuchen. Die Soldaten wurden bereits alle entwaffnet, trotzdem sicher ist sicher.

Peter und ich sprangen in das Dorf der LockLock und boten unsere Hilfe an. Die Bewohner umringten uns, sie tanzten, sie jubelten uns zu. Sie bedankten sich für die

Rettung. Der Bürgermeister des Dorfes RangRang, stellte sich als TinTin vor, er sagte: *„Ihr Wesen von den Sternen habt unseren Planeten von diesem abscheulichen Überfall gerettet, dafür danken wir euch, ohne euer Eingreifen hätten wir den Angriff dieser Bestien nicht überlebt. Nachdem wir alle Verwundeten versorgt und unsere Toten begraben haben, lasst uns ein Fest feiern, das sind wir euch schuldig"*.

Ich sagte: *„Es war unsere Plicht, wir nehmen eure Einladung dankend an. Lasst uns bei der Versorgung eurer Verletzten helfen, wir schicken euch Ärzte zur Unterstützung"*.

Unsere Roboter halfen beim Wiederaufbau des Dorfes und übernahmen die Versorgung der vielen Verletzten.

Zwei Tage später wurde uns zu Ehren ein Fest gefeiert, es wurden reichlich Speisen und Getränke gereicht. Peter und ich wussten zwar nicht, was wir da zu uns nahmen, es hat uns aber geschmeckt, die Speisen waren sehr gut gewürzt. Die Feier dauerte bis in die Nacht, als Artuust zu uns stieß, er machte uns auf den geplanten Start aufmerksam.

Das Arachniden Schiff sei wieder einsatzfähig und wir könnten am nächsten Morgen starten.

Wir bedankten uns für das Fest, wünschten den Dorfbewohnern viel Glück und verabschiedeten uns von Ihnen. Sie winkten uns noch lange nach, als wir zur Spreene gingen, auf der Rampe blieben wir stehen, drehten uns um und winkten zurück, dann schloss sich die Rampe.

Die Spreene, das Roboter-Schiff der IV Flotte und das Raumschiff Xiigon hoben vom Planeten der LockLock ab und nach Verlassen der Atmosphäre beschleunigten alle drei Schiffe und nahmen Kurs auf das Portal 7733.

Wir flogen mit 90 % Licht, mit Überlichtgeschwindigkeit konnten wir nicht fliegen, wir trauten Heraa nur bedingt, hätten wir uns in den Hyperraum begeben, wäre es uns nicht möglich gewesen Kontakt zu dem Arachniden Schiff aufrecht zu halten. Heraa hätte sich unbemerkt absetzen können. Flüge im Hyperraum unterliegen anderen Gesetzen als im Normalraum, Ortung anderer Schiffe ist unmöglich. An einem solchen System arbeiten die Vrahaani schon. Im Moment ist eine solche Ortung noch nicht verfügbar.

Wir steuerten das am nächsten liegende Portal an, um die Zeit zu verkürzen, es würde 20 Jahre dauern, wenn wir diese Geschwindigkeit beibehalten. Bis zum Transmitter 7211, sind es immerhin noch 10 Tage.

Zwei Tage bevor wir das Portal 7211 erreichten, meldete sich Khoda bei Artuust. Er hatte Neuigkeiten für uns. Als Erstes beglückwünschte er uns für den gelungenen Einsatz. Er meinte, wir sollten sobald das Arachniden Schiff durch das Portal geflogen, und auf dem Weg nach Hause ist, uns auf den Rückflug zur Vra aufmachen. Er gab die Koordinaten der Vra an Artuust.

Eine weitere positive Nachricht habe er von der Erde erhalten. Die gesamte Bevölkerung hat sich auf eine Weltregierung geeinigt. Der Sitz der neuen Regierung ist Perth in Australien. Den Vorsitz des neuen Parlamentes hat ein Südafrikaner übernommen. Er heißt Dr. Manuel Erck, er ist Physiker und er wurde einstimmig im ersten Wahlgang gewählt.

Wow, sagte ich, das ging schneller, als wir dachten, das ist eine erfreuliche Nachricht. Unser Einsatz hatte sich gelohnt.

Khoda sagte zu uns, ich überlasse es euch beiden, was ihr tun wollt, ihr seid herzlich willkommen auf unserem Sternenschiff Vra, oder ihr könnt wieder zurück auf euren Heimatplaneten und die neue Regierung unterstützen. Wie gesagt es ist eure Entscheidung, ich persönlich würde mich freuen, wenn ich euch auf der Vra als neue Crew Mitglieder begrüßen dürfte.

Damit erlosch die 3D Übertragung.

Peter schaute mich an, was meinst du, fragte er. Ich sagte zu ihm: *„Lass die Menschen auf der Erde ihre Wege gehen, wir gehen unsere. Wir haben den Vrahaani so viel zu verdanken, ich denke wir reihen uns in die Vrahaani-Gesellschaft ein und unterstützen diese bei ihren kommenden Aufgaben"*.

„So sei es", antwortete Peter.

Wir standen mit der Spreene, dem Schiff der IV Flotte und der Xiigon kurz vor dem

Transmitter 7733, Artuust programmierte das Portal für den Durchflug der Xiigon. Ich sprang mit Peter auf die Brücke der Xiigon, wir materialisierten direkt vor Heraa, die wie immer in ihrem Kommandonest saß. Sie war sichtlich erschrocken, als wir beide mitten im Raum erschienen. Ich sprach sie telepathisch an. *„Wir wollen uns von Dir und Deiner Crew verabschieden, wir haben alles für das passieren des Portals vorbereitet. Ihr könnt jetzt zurück in eure Heimat fliegen, solltet ihr Euch entscheiden, mit den Völkern jenseits eures Lebensraumes, friedlichen Handel treiben zu wollen. Die Vrahaani werden Eurem Volk den Zugang zum Universum sicherlich nicht verweigern. Sie werden Euch den Zugangscode für die Transmitter übergeben,* *wenn sichergestellt ist, dass Ihr keine Kriege mehr mit anderen Völkern führt".*

Heraa nickte mit ihrem riesigen Kopf, wackelte mit ihrem Hinterleib und sagte: *„Ich werde alles Nötige tun, um meine kampflustigen Artgenossen davon zu überzeugen, den Weg in die Gemeinschaft der freien Raumfahrer einzuschlagen".*

„Das ist eine gute Entscheidung, die Du getroffen hast, sagte ich: „Wir beide hoffen Dich irgendwann wieder zu sehen, viel Glück, bis bald".

Ich fasste Peter an der Hand und schon waren wir wieder auf der Brücke der Spreene.

Die Xiigon beschleunigte, nahm Kurs auf das Portal und verschwand durch das blau wabernde Portal.

Wir durchflogen kurz danach den Transmitter, hatten die Koordinaten der Vra programmiert und der Transmitter strahlte uns in diese Richtung ab.

Kurz darauf erlosch das Portal, unsere drei Raumschiffe waren auf dem Weg zum Sternen-Schiff der Vrahaani.

Wir materialisierten, wie vorausberechnet, fünfhunderttausend Kilometer vor den angegebenen Koordinaten der Vra. Die Landung erfolgte automatisch.

Nach der Landung wurden Peter und ich von dem Kommandanten Khoda, dem Chefarzt Dr.

Krah sowie von Lohan als neue Crew Mitglieder begrüßt, sie alle beglückwünschten uns zu unserer Entscheidung.

„*Auf zu neuen Taten*", sagte Peter. Ich konnte mich dem nur anschließen.